Peter Zürn

Führung und Vorbild

Zum Umschlagmotiv:

HO-HO-KORE-DŌ-JŌ

„Schritt für Schritt,
das ist der Weg-Ort der Zen-Übung.“

Mit anderen Worten: Der Do-jo, wie die Zen-Übungs-Halle genannt wird, wo Mönche und Mit-Übende im Sitzen in der Stille die Meditation des ZaZen praktizieren – solcher Do-jo ist überall.

Im Gehen, Stehen, Sitzen, Liegen – (Gyo-Ju-Za-Ga), wann und wo immer der Mensch seinen Sitz- oder Stand-Punkt auf der Erde einnimmt, bewahre er auch in der Bewegtheit seiner actio die Reinheit der contemplatio als meditative Gestimmtheit der Geisteshaltung des ZEN.

Peter Zürn

FÜHRUNG UND VORBILD

Existential-Aphorismen

EDITION
BLICKBUCH
WIRTSCHAFT

Alle Japanischen Tuschzeichnungen stammen aus dem Band „Tuschspuren“ von Tetsuo Nagaya Kiichi Roshi, mit freundlicher Genehmigung des Theseus Verlags, Zürich.

Die Deutsche Bibliothek – CIP-Einheitsaufnahme

Zürn, Peter:
Führung und Vorbild: Existential-Aphorismen / Peter Zürn. –
1. Aufl. – Frankfurt am Main: Frankfurter Allgemeine Zeitung,
Verl.-Bereich Wirtschaftsbücher, 1997
(Edition Blickbuch Wirtschaft)
ISBN 3-929368-84-6

Frankfurter Allgemeine Zeitung
Verlagsbereich Wirtschaftsbücher

Umschlagentwurf und Gestaltung: Manfred Schäfermeyer, Hanau
Druck: Druck & Beratung E. Schäfermeyer, Hanau
Erste Auflage 1997

ISBN 3-929368-84-6

Inhalt

VOR-WEG-WORTE

In einem *Aphorismus* sammelt sich wie in einem Brennglas das Licht der Sprache, auch wo ihr Sinn manchmal eher dunkel erscheint.

Existential-Aphorismen sind solche, die nicht nur Denk-Anstöße geben wollen, sondern zum existentiellen Nach-Vollzug anregen: Seins-Fühlungen aus den Worten auch der Wortlosigkeit, aus dem Zwischen von Sprache und Schweigen – Hinführungen zum Denken des Nichtdenkens. Dafür gilt es, die Augen und Ohren des Herzens zu öffnen, der Intuition Raum und Recht zu lassen, dem Trans-Rationalen Freiräume zu schaffen, ohne sich selbst ständig mit dem Wollen als der actio des Verstandes und seiner ratio im Wege zu stehen. Aus einer meditativen Grundgestimmtheit erschließt sich vielleicht am ehesten das Verständnis für die Wortbilder, die meist aus der Banalität und Trivialität des Menschseins im Alltag stammen. Sie verlangen nach nichts anderem als der großen, offenen Weite des Bodhidharma, wofür sie – richtig verstanden – den Umkehrschub aus vielfacher und einfältiger Äußerlichkeit nach innen entwickeln können, wo vielfältig ungeahnte Kräfte der Entdeckung und Befreiung harren. Einen festen Halt gibt es nicht auf diesem Weg über den Abgrund der Weglosigkeit – mit Ausnahme der Bindung an das Seil des Unbekannten, das vom Nirgendwo des „Nowhere“ in die Gegenwärtigkeit des Jetzt und Hier von „Now-here“ führt.

Selbst davon wieder zu lassen, auch das Lassen zu lassen, loszulassen zu immer neuem existentiellen Beginn, das wohl wäre der Rat zu und aus den Zeilen der Existential-Aphorismen und ihrem Zwischen.

Peter Zürn

Tuschspuren

Tusche reiben –
nur reiben! auf die ältestbekannte Weise, wie im alten China im Tusch-Stein, mit Wasser: Zwei Jahre lang muß der Schüler oder Anfänger nur die Tusche reiben, bevor er überhaupt etwas von Pinsel und Papier sieht. Er muß die Tusche in sich aufnehmen, in die Tusche eingehen, Tusche sein.

Dann: das Papier –
Blatt gewordene Faser-Fläche, grenzenloses Weiß, das der Begrenzung harrt, die Begrenzung erwartet in der Beschneidung, messerscharf: wenn schneiden, nur schneiden, – eins sein muß der Schüler mit dem Messer, das durch das Papier gleitet, fließt, das Blatt zerteilt; begrenzt – nur schneiden.

Dann: der Pinsel –
den Pinsel ergreifen, zart-locker und doch makellos-fest; eintauchen seine Spitze in den schwarzen See der Tusche – aufnehmen, niedersenken auf's Blatt aus der Senkrechte des Himmels, ihn schwerelos führen über das jungfräuliche Weiß, das sich teilt, mitteilt, öffnet, offenbart. Schwerelos führen den schwarzen Weg, schwunghaft ausklingen und verebbend abheben, zu einem Ende, das endlos bleibt.

Eine Spur ist entstanden auf dem Papier wie auch im Geist des Betrachters; eine Spur wie die des Vogels am Morgen im Neuschnee. Eine Spur ist entstanden, die direkt „von Herz zu Herzen" führt, ohne den Umweg über den Verstand. Es sind Seelenspiegelungen des Meisters, die der Aufnahme harren, der Aufnahme bedürfen durch Gleichgesinnte, Gleichgestimmte, Geübte mit Herz und Sinnen, die das Zeichen nachvollziehen, es in sich selbst zu Ende führen, zu einem Ende, das es nicht gibt, Unendlichkeit des gegenwärtigen Gewahrsamseins in der Ewigkeit des Jetzt und Hier.

Die Unfertigkeit des Zeichens wird aufgenommen, wird angenommen zur eigenen Fort-Übung. Es geht nicht um die Vollkommenheit von Zeichen und Bild, es geht um die Vervollständigung im Nachvollzug – um die eigene, meditative Vervollkommnung im kontemplativen Nach- und Mit-Erleben der Versenkung des Meisters durch den Betrachter – schauend, erschauend, erschauernd.

Tusch-Spuren, japanisch: boku seki, oder sho-do, der Schreib-Weg;

Tusch-Spuren als flüchtiger und doch gebliebener, bleibender Eindruck von geübtem Zazen, Künder von Weg und Stufe des Meistertums im Menschsein, Ausdruck höchster Kultur – mehr als Meisterschaft, mehr als Kalligraphie, mehr als Kunst oder Kunstfertigkeit – Ethik in der Ästhetik, Spuren Bild-gewordener Stille. „Klangvolle Stille" findet man in den Zeichen von Tetsuo Nagaya Kiichi Roshi.

„Den Weg suchen", das klingt schon nach Zen und seinen Wegen, japanisch: Do ≙ der Weg, der zugleich schon das Ziel ist, ähnlich dem Tao des Laotse, das nicht benannt werden kann. Die Zen-Wege jedoch können glücklicherweise begangen werden, sie können Zen sichtbar machen, erlebbar etwa im Ken-do, dem Weg des Schwertes, heute noch von sieben Millionen Japanern aktiv geübt; im Kyu-do, dem Bogen-Weg, den Eugen Herrigel in seinem unvergleichlichen Bericht beschrieb; Ju-do, der Weg des Ringens – inzwischen zur olympischen Disziplin geworden; Cha-do oder Cha no yu, der Weg der Tee-Zeremonie mit seinem Erfordernis von Ehrfurcht, Harmonie, Reinheit und Stille, oder eben: Sho-do, der Weg des Schreibens.

„Do-jo" oder „Weg-Ort" nennt man den Ort der Übung, die Zen-Halle, in der man die Zazen-Meditation übt, aber: „Ho-Ho-Kore-Do-jo". So lautet eine berühmte Tusch-Spur, zu deutsch: „Schritt für Schritt, das ist der Weg-Ort der Zen-Übung". Mit anderen Worten: „Überall ist die Zen-Übungs-Halle" – Jetzt und Hier!

Im Sitzen, Liegen, Stehen, Gehen, – beim Reden, Hören, Malen, Arbeiten: Überall ist der Ort der Übung, alles Leben ist Zen, alles, was ist, hat Sinn – den man aber erst erkennt, wenn er einen wiedererkennt, wenn man ihn nicht mehr sucht, sondern sich finden läßt (wie bei Christian Kellerer im „objet trouvé" zur Psychologie der modernen Kunst) – wenn man sich finden läßt vom Weg, vom Sinn, vom Sein, vom ... vom „Kreis" (Enso), der mit dem Kosmos eins ist, vom „Nichts" (Mu), in dem alles ist, der Raum-, Zeit- und Zeichen-losen Leerheit des Sunyata, worin potentiell alles existiert: „Alles kehrt zurück zum Einen", so heißt ein anderes, klassisches Tusch-Bild. Frage: Wohin kehrt das Eine zurück?

Das ist ein Koan, eines der paradox-widersprüchlichen Sinn-Rätsel, das sich dem intellektuellen Zugang verschlossen hält und sich nur der existentiellen Erfahrung in der Übung durch Einswerdung auftut.

WEG DŌ

Aufmerksamkeit

Von einem westlichen Wißbegierigen nach dem wesentlichen Inhalt seiner Weisheit befragt, ergriff der japanische Zen-Meister seinen Tuschpinsel und brachte die Zeichenschrift für das Wort „Aufmerksamkeit“ zu Papier. Von dem Fremden befragt, ob er nicht etwas hinzufügen wolle, schrieb er zweimal „Aufmerksamkeit, Aufmerksamkeit“. Und, wie für den aufmerksamen Leser nicht anders zu erwarten, fügte er auf weiterbohrendes Nachfragen ein drittes Mal „Aufmerksamkeit“ mit dem Tuschpinsel hinzu. Bleibt noch seine ergänzende Antwort auf die unwillige Frage nach dem Sinn solchen Begriffes nachzutragen, die er mit mildem Lächeln dem Besucher gab: „Aufmerksamkeit bedeutet nichts anderes als eben – Aufmerksamkeit!“

Mag die Geschichte auch aus dem älteren Japan stammen: Sie könnte sich genauso heute zugetragen haben. So manches mißglückte Japan- oder Asien-Abenteuer westlich erfolggewohnter Manager im Bannkreis östlich aufgehender Sonnensymbolik dürfte hier seine Erklärung finden. Man muß allerdings schon genau hinhören, hinsehen und hineinfühlen, um solches erkennen und verstehen zu lernen, und dafür bedarf es eben der unvoreingenommenen Aufgeschlossenheit eines aufmerksamen und interessierten Partners für Gespräch und Gehör.

Auch wenn es ein anderes Zen ist als das des Meditationsmeisters aus der Lebendigkeit buddhistisch begründeter Übung, so kommt uns doch im Begriff des „Kaizen“ aus Japan neuerlich ein auch im Westen begierig aufgegriffener Weg entgegen. Diesem Weg der kontinuierlichen Verbesserung geht es nicht mehr allein um die Zielerreichung gemäß fixierender Vorgaben. Ihm ist vielmehr eine prozeßorientierte Begleitung in immer wieder neuer Offenheit und Flexibilität eigen, die der starren (um nicht zu sagen: sturen) Schrittfolge überlegen ist. „Der Weg ist das Ziel“ – lesen wir dazu schon 3000 vor Christus bei Laotse – und die pragmatischen Söhne der Samurai im heutigen Japan scheuen sich nicht, die alte Grundregel im neuen Gewand industrieller Fertigungsverbesserung wieder aufzugreifen und zu einem neuen Erfolg zu führen.

Kaizen ist ohne die Zen- und sinngemäße Aufmerksamkeit aus der

Tradition der Zen-Meister nicht denkbar. Bloßes Kopieren ohne Kapieren kann darum nur zu Mißdeutungen, Mißverständnissen und Mißerfolg führen. Kontinuierliche Prozeßorientierung bedarf deshalb vermehrter Wachsamkeit auf allen Stufen und in allen Stadien der betrieblichen Abläufe. Nicht zusätzliche Fremdkontrolle, sondern eigene Achtsamkeit setzt den Maßstab für ständige Hinwendungen zum Besseren, das der Feind des Guten bleibt, mag es sich auch noch so lange bewährt haben.

Kaum etwas erweist sich nicht bei näherem Hinsehen und Nachdenken als doch noch verbesserungsfähig, wenn die Bereitschaft zu immer wieder neuer Öffnung gegenüber Situationen und Konstellationen geweckt wird. Der richtigen Aufnahmefähigkeit aller Beteiligten sollte sich dann eine gewisse Bedachtsamkeit hinzugesellen. Solch achtsame Bedachtsamkeit verfolgt nicht den Wandel um seiner selbst willen. Sie paart sich mit angemessener Beharrlichkeit für den Erhalt bewährter Orientierung, woraus sich – hoffentlich – der richtige und ergebnisgünstige Weg für das vollkommen Neue ergibt.

Dieser Weg bedarf des Mutes im Vorwärtsschreiten ebenso wie der Kraft des gelegentlichen Innehaltens. Ganz wach, ernst, aufmerksam und lebendig, wie die Zen-Meister in der Übung fordern, so sollte sich auch der „Kaizen-Jünger" auf den Weg machen, um schließlich mit sich und dem Ziel eins zu werden.

So angekommen, wird er aus der Identität und Integrität seines Seins und Wirkens im Sinne der Betriebsgemeinschaft auch zum Betriebsgeheimnis der immer noch möglichen Verbesserung beitragen: Aufrichtig in Handlung und Haltung und in unverbesserlicher Aufmerksamkeit sich selbst und seiner Umwelt gegenüber, die es ihm und seiner Einstellung in verstärkter Motivation, Mitarbeit und aktiverer Gestaltung danken wird.

Kapitel I

Führung und Vorbild

F
Ü
H
R
U
N
G

U
N
D

V
O
R
B
I
L
D

*Führung ist Vorbild
in Handlung und Haltung.*

*Für den Erfolg der Führung
bürgt das persönliche Format.*

*Wer Menschen führen will,
muß Menschen lieben.*

*Unternehmenskultur folgt der
Selbstkultur der maßgebenden
Menschen im Unternehmen –
oder sie erfolgt gar nicht.*

*Nicht Personen-Kult,
sondern die Kultivierung
der Persönlichkeit ist gefragt.*

*Der wahre Führer
hat nicht Autorität –
er ist Autorität.*

*Richtung weisen kann nur,
wer Richtung weiß und hat –
wer selbst (auf-)richtig ist.*

*Wo Aufrichtigkeit in Handlung
und Gesinnung in Erscheinung
tritt, formt sich auch die
Aufrechte in Körper und Geist.*

*Personale Substanz und
transpersonale Struktur:
Ganzheitlichkeit im gelebten
Maß menschlicher Form.*

*Nicht nachgemachte Management-Technik von gestern,
sondern vorgelebte Führungs-Ethik von heute bestimmt das
Menschenbild des Managers
von morgen.*

*Um Führung für heute und
morgen zu legitimieren,
muß an die Stelle der Absicht
zu herrschen die Bereitschaft
zu dienen treten.*

*Nicht in der Meidung von
Veränderungen, sondern in
deren steuernder Meisterung
liegt die Kunst sinnstiftender
Zielorientierung.*

*Mehr als aus dem WAS einer
Handlung bildet sich ihre
Wirkung aus dem WIE ihrer
Ausführung.*

*Nicht nur Visionäre der
Führung, sondern auch
Divisionäre der Durchführung
werden gebraucht.*

*Neben dem Sachzwang der
Wirtschaftlichkeit für das
Unternehmen steht gleichrangig das Prinzip der Menschlichkeit für die Beschäftigten.*

Mit dem Mut des Mitgefühls und der Demut des Dienenwollens bewirkt Führung Erfolg und Gefolgschaft.

Verbindlichkeit nicht mit der Richtungslosigkeit von Unverbindlichem verwechseln.

Nur was begeistert, kann beherzigt werden.

Nur was sich bewegt, kann etwas bewegen.

Akzeptanz erlangt nur, wer sich akzeptabel verhält.

Persönliche Integrität ist Voraussetzung für die integrative Wirkung der Führung.

Erst aus dem gewogenen Abstand zu Menschen und Dingen entsteht die Kompetenz zu distanziert-engagierter Führung.

Es sind nicht die Verhältnisse, die der Veränderung bedürfen, sondern es ist unser Verhalten.

Auf daß nicht Anarchie sei oder werde, ist Hierarchie – und wird sie bleiben.

Gewaltige Wirkungen hervorzurufen vermag die Gewalt der Gewaltlosigkeit.

Krach und Krise enthalten die Chance zu Besserem, wo nicht Verdrängung, sondern Bewältigung gesucht wird.

SCHRITT FÜR
SCHRITT, DAS IST
DER WEG-ORT
DER ZEN-ÜBUNG

HO HO KORE DŌJŌ

Im Auge des Orkans ist es am ruhigsten

Doch: wer hat dieses Auge je schon bewußt gesehen, von innen geschaut, erlebt und erfahren, was es bedeutet, sich aus der Oberflächlichkeit der äußeren Turbulenzen hineinfallen zu lassen, einzulassen in die Tiefe der inneren Ruhe?

„... überall außerhalb des Zentrums tobt der Sturm des eigenen Ego, das mit anderen Egos wetteifert im Rundtanz wütender Raserei ... Verläßt man das Zentrum, so wird man vom Heulen des Sturms um so heftiger betäubt, je mehr man bei diesem Tanz mitmacht... Das zentrale Gedanken- und Gefühlswesen, die eigenen „satoris" sind nur im Zentrum zu finden, nicht außerhalb"...! *John C. Lilly:* „Das Zentrum des Zyklons – eine Reise in die inneren Räume".

Hier bekommen wir bereits eine Ahnung von der Richtung, in die es gehen muß, um das Problem zu lösen, das schon als ein Jahrhundertproblem bezeichnet wurde im fehlenden Zugang zum inneren Selbst und damit dem Unvermögen, sicher in sich selbst zu ruhen und daraus kompetent mit den Turbulenzen in der Außenwelt umzugehen.

Wenn Richtung nur weisen kann, wer selbst Richtung hat, kann Mittelpunkt und Mittler nur sein, wer selbst in seiner Mitte weilt – wer zu sich selbst in seiner eigenen Mitte gefunden hat und wer aus dieser Mitte als dem ruhenden Pol heraus zu leben und zu handeln vermag – aus dem eigenen Zentrum, das zugleich in der Mitte aller Dinge ist.

Wie aber, so müssen wir uns fragen, wie wohl gelangt man in die Schwerelosigkeit der Schwingung des Schweigens im eigenen Schwerpunkt? Wie denn, so fragen wir weiter, wie und wodurch gelangt man in das Zentrum aller Kreise und Krisen, die uns umringen und erschüttern – wie gelangt man mit sich selbst ins Reine und zur Ruhe in der Unruhe einer bewegten Welt?

Glücklicherweise gibt es dafür eine Weisung und einen Weg, den Weise aller Zeiten und Kulturen dieser Welt gleichermaßen gewiesen haben – ein Weg, von dem *Friedrich Nietzsche* gesagt hat „Es gibt auf dieser Welt einen einzigen Weg, den nur du allein gehen kannst; wohin er führt? frage nicht – geh' ihn!" – ein Weg also, den jeder selbst gehen kann und muß: es ist das Wagnis, zu sich selbst zu kommen – wozu die Tür nach innen aufgeht zum innersten Raum der Stille, wo sich das

Ewige mit dem Jetzt verbindet im All-Ein-Sein.

Die Stufenleiter dafür könnte so aussehen:

Selbstdisziplin – Selbstbeherrschung – Selbstvertrauen – Selbstkritik – Selbsterkenntnis – Selbstlosigkeit – Selbsttranszendenz
(nach *Viktor Frankl*)

„Sein Selbst erkennen, heißt sein Ich vergessen;
Sein Ich vergessen, bedeutet, von allen Dingen erleuchtet werden".
(Dogen)

Wirklich gelassen kann nur der sein, der sein Ich gelassen hat, was deshalb zu immer neuer Übung empfohlen wird:

In sich gehen – bei sich bleiben – nicht außer sich geraten –.

Sich nicht herausfordern lassen aus der eigenen Mitte, die zum Zentrum des Geschehens und Geschehenlassens werden muß.

Ruhig bleiben – Pausen machen – innehalten – Atem holen – vor der nächsten Aktivität, deren Herr (nach *Laotse)* die Stille ist, denn: „Rastlosigkeit als dauernder Zustand bringt Unheil", wie wir im *I Ging,* dem uralten chinesischen „Buch der Wandlungen" beim Zeichen Nr. 32 für Hong = Dauer lesen.

Die Stille, die im Auge des Orkans und im beruhigten menschlichen Herzen herrscht, sie ist es, aus der die Japaner ihre Kraft schöpfen *(„Seijaku")*, womit die Fluggesellschaft JAL ihre Werbung für den Service der Executive-Class in deutschen Magazinen überschreibt.

Schon in einem frühen Klassiker der Japan-Literatur (*Kurt Singer*: „Spiegel, Schwert und Edelstein") heißt es dazu unter dem Titel des Samurai in Legende und Wirklichkeit:

„...Doch da sie wissen, wie man auf den Flügeln des schnell dahineilenden Augenblicks verweilt, wie man sein Schicksal lächelnd und mit Seelenstärke annimmt und sie sich in einer Vision des Absoluten mit Leben und Tod, Freund und Feind eins fühlen, geben die Japaner ein Beispiel von Kühnheit verbunden mit gutem Stil ..."

Und ein später Klassiker der New-Age-Literatur, *Carlos Castaneda,* überschreibt seinen vorläufig letzten (den 8.!) Band der Lehren des Don Juan „Die Kraft der Stille" (the power of silence), den er mit den Worten beendet: „... Darum schließe die Tür der Selbstbetrachtung hinter dir. Sei makellos, und du wirst die Energie haben, um den Platz des stillen Wissens zu erreichen."

Oder mit den Worten von *Sri Aurobindo*: „Wenn dein Denkwesen still geworden ist, dann bekommt die Wahrheit ihre Chance, in der Reinheit des Schweigens gehört zu werden."

Mit anderen Worten: nicht Red-Seligkeit, sondern Schweig-Heiligkeit führt zum Gelingen echter communio im „Sakrament des Augenblicks" (*Williges Jäger*); wofür jede Situation immer neu die beste aller Gelegenheit ist (*Karlfried Graf Dürckheim*), unverhofft und wider Erwarten – unwiederholt und nicht erneuerbar.

Um in solche Stille des Innen, des Inne-Seins, der Verinnerlichung zu kommen, bedarf es der Aufmerksamkeit – Wachheit – Wachsamkeit – Achtsamkeit (auch als Geistestraining, mit dem Buchtitel von *Nyanaponika*). Dies sind Bestandteile aller Übungswege mit Askese – ob als autogenes Training, Yoga, Zen, Herzens-Gebet oder Mantra-Meditation. Das Ziel bleibt immer dasselbe, das Zentrum im Auge des Orkans wie in uns selbst, zu dem der Weg führt durch Zentrierung – Konzentrierung – Konzentration – Kontemplation –, die immer mehr den Geist zu durchdringen vermag.

Aus uns selbst heraus vermögen wir so schließlich in vollkommener Klarheit des Geistes, in reiner Bewußtseins-Präsenz und absoluter Gewärtigkeit des je Gegenwärtigen zu agieren und zu reagieren – spontan, situativ, intensiv, intuitiv, integrativ – selbstlos und absichtslos – „attached to the unknown" (= offen), with „detached involvement", womit inmitten äußerer und äußerster Bewegtheit innerer Friede und Ruhe gewahrt bleiben.

Actio und *Contemplatio* ergänzen sich im Menschsein als die polaren Zustände des einen Seins, der Bewegung und Ruhe, die sich gegenseitig bedingen wie Rad und Nabe.

Der Weg dafür ist überall („Hoho-kore-do-jo") und jederzeit, ohne besonderen Anlaß: „Das Alltägliche ist der Weg" – den ich mir im Gehen vertraut und zu eigen mache.

„Nur durch die Fülle des gegenwärtigen Augenblicks vermag die Sache wahrhaft genährt, gekräftigt, gereinigt, bereichert, geheilt und geheiligt zu werden."
(*J. P. de Coussade*).

Jetzt und hier, hic et nunc – ganz bei dem zu sein, was man tut oder läßt, ganz eins zu werden mit dem, was man denkt und fühlt, ganz in den Augenblick zu kommen und ganz bei der Situation, der Sache zu sein – das kann nur der Mensch, der in seiner persönlichen und bewußt gewordenen Existenz die Qualität von Bewegung und Ruhe und die Begrenzung von Raum und Zeit aufhebt – in dessen erlebter Wirklichkeit Möglichkeit zur Faktizität der Gegenwart gerinnt. So steht oder geht er, ruhig und sicher, inmitten der Turbulenzen des Geschehens – ganz „down to earth“, nicht außerhalb, daneben oder darüber, sondern mitten darin – aber ohne daran zu haften oder hängen zu bleiben, sondern immer wieder frei und willig.

„Mein sind die Tage nicht, die mir die Zeit genommen,
Mein sind die Tage nicht, die erst noch werden kommen.
Der Augenblick ist mein, und nehm' ich den in acht,
so ist der mein, der Zeit und Ewigkeit gemacht.“ (Angelus Silesius)

Mit anderen, mit meinen Worten: from no-where to now-here – from know-how und be-have to be-how, vom Wissen, Können, Haben und Verhalten zur Weisheit des ungeteilten, ganzheitlichen So-Seins, das nur dem sich seiner selbst bewußt gewordenen Menschen zwischen Himmel und Erde geschehen, geschenkt, zuteil werden kann.

Bei *Jean Gebser*, dem Schweizer Philosophen („Ursprung und Gegenwart“) liest sich dies so: „Der große, schmerzhafte Weg der Bewußtwerdung, das heißt der Entfaltung oder Intensivierung des Bewußtseins, stellt sich als ein Immer-mehr-Aufleuchten des Geistigen im Menschen dar“, und es können Menschen ganz unterschiedlicher Lebenskreise – auch in der Welt der Wirtschaft – sein, denen man diesen Prozeß und seine Auswirkung zunehmender Spiritualität inmitten weltlich-materieller Gestaltung dann durchaus anmerkt.

Nur der Mensch in seinem bewußten Sein, mit seinem versammelten Sinnen, Trachten und Betrachten kann sich einstellen auf das Göttliche, das in der Nicht-Zweiheit (advaita), der Zweilosigkeit oder Wie-Einsheit (ichi nyo) gerade in ihm handgreifliche und durchscheinende (erleuchtete?) Wirklichkeit werden kann: Transparenz für Transzendenz.

Nur der Mensch als das Maß aller Dinge (mit *Protagoras* gesprochen) kann sich auf Zeit befreien vom Maß der Zeitlichkeit, der Zeitgebundenheit, des Werdens und Wachsens – zur Zeitlosigkeit, zur Zeitfreiheit im Sein und Wirken in der überraumzeitlichen Gegenwart inmitten des Zeitstroms (dhamma).

Nur der Mensch kann sich hineinstellen in das Auge des Orkans, in die Selbstlosigkeit des transpersonalen Zentrums und damit zugleich in die Raum-Zeit-und-Zeichen-lose Leerheit (shunjata) der Abwesenheit von Dingen, die nie waren (sabishisa), in die Fülle des Nichts (nach *Hisamatsu*), aus der alles entsteht.

Die Kunst, sich selbst und andere zu führen

Führen heißt nicht nur fordern und fördern, Führen heißt nicht nur mutig vorangehen, auch im unbekannten und unwegsamen Gelände der wirklichen, existierenden Seinsheit; Führen heißt immer etwas bewirken und bewegen.

Führen heißt Menschen berühren und orientieren, gemäß der ihnen eigenen Richtung wie jener der Gemeinschaft und ihrer Ziele, vorgegeben und übergeordnet. Es sind die maßgebenden Menschen, die ihrer Zeit und Umwelt aus der Kraft der aufgenommenen, der auf sich genommenen Verantwortung Maßstäbe setzen und Spielregeln bestimmen für den konstruktiven Umgang miteinander.

Der richtige Umgang mit anderen aber beginnt richtigerweise immer wieder neu beim kritischen Umgang mit sich selbst. Und der kritische Umgang mit sich selbst beginnt erst dort, wo man sich von sich selbst nicht mehr alles gefallen läßt! Dafür jedoch bedarf es neben der Identifikationsfähigkeit der Integrationsfigur vor allem ihrer Bereitschaft zur Distanz, zum gewogenen Abstand von Menschen, Dingen und Verhältnissen, in die man sich nicht ständig hineinziehen lassen darf.

Wirklich und wirksam selbstkritisch wird das Verhältnis zu sich selbst erst aus der distanzierenden Betrachtung des Alltags-Ego und Allerwelts-Ich mit seiner Vielfalt an Verliebtheiten in eigene Schwächen und Eitelkeiten, die den Weg zur weiteren Entwicklung hemmen. Selbsterkenntnis ist deshalb nicht nur der vielgerühmte und selten gegangene erste Schritt zur Besserung, sondern sie geht tatsächlich aller anderen Erkenntnis als „conditio sine qua non" voraus.

Erst aus der Erkenntnis des in seiner menschlichen Fehlsamkeit so vielfach unvollkommen angelegten und durch eigene Anstrengung verbesserungsbedürftigen Selbstbildes können schließlich Größe und Großzügigkeit des Führenden erwachsen, der auch dem anderen den oft schmerzlichen (Um-)Weg zu sich selbst zuerkennt und weist.

Keine neue Führungslehre also, sondern die Einladung zur Rückbesinnung auf alte Führungskunst und schon immer Gewußtes aus tieferen Quellen, die des Erlebens im Selbsterwachen harren.

Das Erwachen zum Selbst aber geht notwendig voraus der Wesens-Schau (japanisch: ken-sho) oder

Erleuchtung (satori), die man als Ziel nennen könnte für den Weg meditativer Zen-Übung, wie sie heute noch kraft ununterbrochener Tradition vor allem in Japan praktiziert wird.

Der diese Übung aus der buddhistischen Leere („shunjata") oder auch Lehre der Versenkung des indischen „dhyana" im fünften Jahrhundert nach Christi Geburt als „Ch'an" in den chinesischen Orient brachte, war „Bodhi-dharma" (japanisch: dharuma), dessen legendäre Gestalt man mittlerweile preisgekrönt auch auf westlichen Kino-Leinwänden bewundern kann.

Was so aus dem chinesischen „Ch'an" über Korea als „Zen" nach Japan kam, wo es nach wie vor in der Übung von Mönchen und Laien lebendig ist, gilt als eine der klassischen Meditations-Methoden, die auch im amerikanischen und europäischen Westen viele Anhänger fand.

Im Mittelpunkt solcher Übung steht – besser: sitzt – der Mensch in seiner Mitte allein oder in Gruppen, immer wieder in der achtsam-reglosen Ruhe des Budda-Sitzes, dessen konsequent-aufrecht eingenommener Haltung für den Körper schließlich richtigerweise auch die Lotrechte des Geistes folgt.

Aus der gelösten Konzentration und gesammelten Gelassenheit des „Za-Zen" oder Sitzen im Zen wird die Kraft der versammelten Stille dann mit hinübergenommen in die Unruhe und Bewegtheit eines lärmenden und geschäftigen Alltags, wie er jede berufliche Führungsaufgabe notwendig begleitet.

Bewegung und Ruhe als die polaren Zustände des einen existentiellen Seins, das auch nach der griechischen Philosophie *(Heraklit)* allein durch die Beständigkeit des Wandels bestimmt wird, erfassen so schließlich als universelle, meditative Geisteshaltung Wesen und Weise des Menschen, dessen inbildliche Wirkung zur Vorbildhaftigkeit gelebter Führungskunst wird.

Führung heisst auch Glaubwürdigkeit

Selbst eine so objektive Sache wie das sogenannte „management by objectives" mißt dem Vorbild des Vorgesetzten in der Führung von Mitarbeitern und Unternehmen eine maßgebliche Rolle zu. Ob man dabei mehr an das ganz persönliche Bild in Wirkung und Auftritt des einzelnen denkt oder an das Leitbild, dessen das Unternehmen ebenso bedarf wie die darin Beschäftigten, mag zunächst dahingestellt bleiben.

Vorbildlich zu sein in der persönlichen Haltung und Lebensführung ebenso wie in der Leistung und Übernahme verantwortlicher Aufgaben, das jedenfalls ist der erste Anspruch aus dem Pflichtenheft für Führungskräfte in Wirtschaft und Gesellschaft.

Worauf es dafür ankommt, ist nicht so sehr die Autorität von Amt, Funktion und Hierarchie, die früher verhältnismäßig unbestritten Gültigkeit beanspruchen konnte. Dagegen steht in neuerer Zeit der einzelne in Führung und Verantwortung auch ganz persönlich im Mittelpunkt von Fragen und Interessen, die keinen Respektbonus für Amtsinhaber und Funktionsträger kennen.

Zwar sind Position und Führungsauftrag auch heute nicht ohne Bedeutung, wo es um Gestalt und Darstellung einer Managementaufgabe geht. Das Verlangen nach Vorbildlichkeit stellt sich jedoch immer nur an den Menschen, dem andere Menschen in Führung und Zusammenarbeit anvertraut sind.

Wer dagegen verstanden hat, daß Führen und Dienen nicht nur im gepflegten intellektuellen Wortspiel und -stil eins sein dürfen, der wird auch keine Schwierigkeiten haben mit der existentiellen Verwirklichung von Bescheidenheit in Handlung und Haltung im betrieblichen Alltag mit seinen vielfältigen menschlichen Beziehungen.

Für ihn beginnt der richtige Umgang mit anderen immer wieder neu beim kritischen Umgang mit sich selbst. Selbstkritik und Selbsterkenntnis aber sind die Grundlagen geistig-seelischer Gesundheit und gehen allen anderen Erkenntnissen notwendig voraus. Einsichtsfähigkeit ist deshalb neben der Dienstbereitschaft ein Schlüssel zur Entwicklung der Persönlichkeit auf dem Weg zur Vorbildlichkeit.

Daß es sich dabei um einen Prozeß mit immer neuen Wandlungen handelt und nicht um eine statische Orientierung, ist menschlichem

Streben nach Sicherheit und Verläßlichkeit oft nur schwer zugänglich. Doch wie man nicht zweimal in denselben Fluß steigen kann, so muß man sich notwendig immer wieder neu auf den Weg machen, der einem erst im Gehen vertraut wird. Nicht nur auf die großen Ideen und Visionen kommt es an, so sehr diese Frage auch für das Leitbild und seine Formung und Formulierung von Bedeutung sein können. Wesentlich jedoch ist die Möglichkeit ihrer Umsetzung in die Gelebtheit und die Gangbarkeit der kleinen Schritte, mit denen jede erfolgreiche Entwicklung menschlichen Tuns beginnt.

Wie man sich selbst verhält, das sollte für die anderen, für die Anvertrauten, nachvollziehbar sein: Nur so kann Vorbildlichkeit entstehen. „Was du nicht willst, das man dir tu', das füg' auch keinem anderen zu" – so formuliert der Volksmund eine klassische Grundregel der Verhaltensethik. Und daß darin auch ein eminent wichtiger Grundatz der Gesinnungsethik im Sinne der persönlichen Einstelllung impliziert ist, wird unschwer verständlich, wenn man der Regel gemäß zu leben versucht.

Mit anderen Worten hat es Rolf Gerling auf einer Sitzung der obersten Führungsebene seines Konzerns in Köln formuliert:

„Wir werden alles daransetzen, einen Wert zu kultivieren", sagte Gerling vor seinen Führungskräften, „an dem es heute der Gesellschaft so offensichtlich mangelt, den Wert der Glaubwürdigkeit. Es geht hier insgesamt um nicht mehr und nicht weniger als die Übereinstimmung von Wort und Werk, von Haltung und Handlung."

Kapitel II

Vom Umgang mit sich und anderen

V O M U M G A N G M I T S I C H U N D A N D E R E N

Wer leicht außer sich gerät, sollte öfters in sich gehen.

Wer nicht aus der Fassung gerät, wird auch nicht aus dem Rahmen fallen.

Der richtige Umgang mit anderen beginnt beim kritischen Umgang mit sich selbst.

Wirklich kritisch wird der Umgang mit sich selbst erst dort, wo man sich von sich selbst nicht mehr alles gefallen läßt.

Mit sich selbst und den anderen eins sein: Geheimnis gelungener Integration.

Da man vor sich selbst auf Dauer nicht davonlaufen kann, ist es besser, mit sich selbst in Einklang leben zu lernen.

Die produktive Beziehung zu anderen beginnt mit der positiven Einstellung zu sich selbst.

Hat man zu sich selbst ehrlich JA gesagt,
muß man zu den anderen öfters NEIN sagen.

Manchmal ist es besser, einem Freund untreu zu werden als sich selbst.

Miteinander zu schweigen
kann wichtiger sein
als gegeneinander zu sprechen.

Ein beredtes Schweigen
vermag oft mehr zu sagen
als nichtssagendes Gerede.

Nicht Red-Seligkeit, sondern Schweig-Heiligkeit führt zu echter communio im Sakrament des Augenblicks.

In der Sprache wird der Geist Welt;
mit der Verwirrung der Sprache beginnt die Verwirrung der Geister: Babylon ist hier und heute.

Geist und Stil bestimmen
den Anfang und das Ende
jeder Kommunikations-Kultur.

Seine Gebete zu leben vermag mehr zu bewirken als nur die Gebote zu befolgen.

Kunst und Kultur des Zuhörens beginnen immer beim DU, nie beim ICH: man beginnt eine Unterhaltung nicht mit Antworten.

Wer Rede und Antwort zu stehen vermag, der mag auch Verantwortung übernehmen für sich selbst und andere.

Selbsterkenntnis ist nicht nur der erste Schritt zur Besserung, sondern geht aller anderen Erkenntnis meilenweit voraus.

Individuelle Vielfalt ist besser als kollektive Einfalt.

Selbstlosigkeit ist die Basis eigentlicher Selbstverwirklichung.

Maßstäbe des Menschlichen setzt der Mensch dort, wo er zum eigenen Selbst gefunden hat.

Durchlässigkeit als innere Verfassung stellt den Menschen ins rechte Licht seiner Offenheit.

Nicht zweckorientierte Dualität, sondern werteorientierte Polarität begründet echte Partnerschaft.

Rede nur, wenn Du gefragt wirst, aber lebe so, daß man dich fragt.

VON HERZ ZU HERZEN

ISHIN DENSHIN

GESPRÄCH, KONFLIKT UND KOMPROMISS

Dem System der sozialen Marktwirtschaft sind Konflikt und Konkurs ebenso immanent wie Konsens und Kohärenz. Und was für die Gesellschaft als Ganzes und ihre Gruppierungen gilt, hat auch für die in der Wirtschaft Tätigen Gültigkeit. Im Gegensatz zu den Systemen geschlossener Gesellschaften muß die offene demokratische Gesellschaft immer neu das Wagnis der Offenheit bestehen, auf das wir uns durch den Gesellschaftsvertrag des Grundgesetzes verpflichtet haben. Autorität und Führung sind damit weder gott- noch amtsgegeben, sondern müssen sich in Wahl und Leistung bewähren und um Legitimation und Akzeptanz bemühen, in der Politik ebenso wie in der Wirtschaft. Ob die dafür maßgebliche demokratische Kultur einer ergänzenden Streit- oder Konfliktkultur bedarf, wird heute oft gefragt.

Doch noch vor dem Konflikt und seiner gestalteten Austragung als Aufgabe des Managers steht dessen Vermeidung im Sinne einer konstruktiven Dienstbarmachung von Spannung und unterschiedlichen Interessenlagen, wie sie jedem betrieblichen Alltag immanent sind. Fragen dazu bedürfen der Klärung im Vorfeld möglicher Streitigkeiten und um des Ganzen der unternehmerischen Tätigkeit willen, wofür Koordination und Organisation durch das Management im eigentlichen Sinne notwendig sind.

Koordination ist überall dort erforderlich, wo hochdifferenzierte Organisationen beweglich bleiben sollen, um die angestrebten Unternehmensziele zu verwirklichen. Durch die oft fortgeschrittene Differenzierung und Arbeitsteilung besteht an vielen Arbeitsplätzen kein unmittelbar erkennbares Verhältnis mehr zwischen der erbrachten Arbeit und ihrem wirtschaftlichen Wert und Sinn gerade an dieser Stelle.

Den Sinn einer Leistung aber, das Sinnvolle im Prozeß der erbrachten Arbeit, auch im Teil und im Detail im Hinblick auf das jeweilige Ziel hin erkennbar und einsehbar zu machen – das ist wesentliche Aufgabe der Koordination im Management. Nicht von den Dingen, sondern vom Sinn der Dinge und für diesen leben wir, auch in der Welt der Arbeit. Und wie der Mensch nicht nur vom Brot alleine lebt, so auch nicht nur von geldwerter Leistung, die er mit seinem Denken und Tun erbringt.

Arbeit ist ein Teil menschlichen Lebenssinns. Selbstverantwortete Arbeit ist Teil der Unternehmenskultur, mit der sich Manager wie Mitarbeiter nach Zielen und Ergebnissen, Produkten und Dienstleistungen identifizieren können möchten – und aus der sie über die Bezahlung hinaus den gesellschaftlichen und geistigen Mehrwert gewinnen, der gerade diesen Arbeitsplatz und diese Aufgabe für sie so sinnvoll macht.

Neben der Organisation und Koordination spielt deshalb im Vorfeld möglicher Konflikte die Gestaltung des Zusammenwirkens von einzelnen oder Gruppen eine wichtige Rolle im Leben eines jeden Managers.

Seine wesentliche Aufgabe besteht darin, auf andere einzuwirken, um durch sie und mit ihnen etwas zu bewirken. Mehr noch als andere ist er in der demokratischen Wirtschaftskultur, die keine Kommandohoheit kennt, auf die Mit- und Zusammenarbeit anderer angewiesen, die es zu berühren, zu bewegen gilt. Ob mittels Motivation, sachlicher Überzeugungskraft oder persönlicher Begeisterungsfähigkeit: Sache des Führungsverantwortlichen ist es in jedem Fall, den Willen und die Bereitschaft zur Kooperation zu aktivieren, das heißt bei sich selbst zu zeigen und bei den anderen zu fördern.

Kooperation beginnt immer wieder neu mit der Bereitschaft, aufeinander zuzugehen, auch wenn man nicht gleich und überall ankommt und auch wenn man dazu gelegentlich über den eigenen Schatten springen muß. Wichtig ist, daß sich auch der Chef sozialkompetent mit einbringt. Nicht umsonst sind Gruppen- und Gemeinschaftsgeist wesentliche Bestandteile und Erfolgsvoraussetzungen des neuerdings auch in der deutschen Industrie vielerorts praktizierten Kaizen-Prozesses aus Japan, der mit seiner anpassungsfähigen Prozeßorientierung so manchen bisher streng ergebnisgläubigen Manager das Fürchten lehrte.

Unterschiedliche Meinungen zu Sachverhalten, Vorgehensweisen oder Lösungen sind die klassischen Ausgangspunkte für Konflikte zwischen Gruppen und einzelnen, ganz zu schweigen vom Verhalten der Menschen und ihren unterschiedlichen Einstellungen und Überzeugungen oder wechselnden Bevorzugungen und Sympathiestrukturen.

Nun läßt sich zwar über freundschaftliche oder feindschaftliche Gefühle nicht ohne weiteres gebieten, noch dazu, wenn sie wirklich nur in Emotionen gründen und keinerlei sach- oder vernunftgemäß einsehbarer Grund dafür vorhanden wäre. Gerade das aber gehört nun einmal auch zur Natur des Menschen, mit der zu leben jeder lernen muß, der mit anderen Menschen allerlei Art zu tun hat – wofür betrieblicher Alltag vielfältigste Gelegenheit bietet.

Mensch sein heißt nun einmal auch fehlsam sein, heißt mit sich selbst als Fehlerquelle ebenso leben zu lernen wie mit den anderen und deren Fehlbarkeit. Dabei ist nichts lehrreicher als der selbstbegangene und erkannte Fehler, denn durch Schaden wird man klug, wie schon der Volksmund weiß – und erst durch Fehler kann Kennen zum Können werden. Dazu gehört es allerdings, Fehler bei sich selbst zuzugeben – und sie auch den anderen zuzugestehen. Denn: Wer keine Fehler macht, macht sicher etwas falsch!

Wo und solange Menschen zusammen leben und zusammen arbeiten, werden sich Konflikte und Krisen nie ganz vermeiden lassen. Nicht die totale Vermeidung, Verniedlichung oder Verharmlosung von Konfliktsituationen kann Aufgabe konsensorientierter Führung sein. Sie meint vielmehr die Anregung zum fairen, offenen, möglichst sachgerechten und problemorientierten Austragen der Koflikte dort, wo sie nun einmal durch die Konfrontation unterschiedlicher Auffassungen, Ansichten und Interessenlagen unvermeidlich geworden sind. Und daß man sich allerdings zur Auseinandersetzung mit den Problemen und ihren Beteiligten am besten zum klärenden Gespräch zusammensetzt, das müßte sich fast von selbst verstehen.

Oft bedarf es dazu jedoch der Initiative eines Vorgesetzten oder gelegentlich sogar eines außenstehenden Beraters oder Coachs, der hilft, angestauten Dampf oder Aggressionen abzulassen. Dies um so mehr dort, wo Fälle von persönlichem Fehlverhalten feststellbar sind, die der Korrektur bedürfen, um den allgemein als richtig und verbindlich erkannten und anerkannten Geist und Stil der kooperativen Führung nicht in Frage zu stellen. Um der Gruppe ebenso wie um der angestrebten Gesamtleistung willen darf der Vorgesetzte hier nicht aus Schwäche oder persönlicher Bequemlichkeit nachlässig sein, sondern muß dem erkennbaren Handlungsbedarf gemäß eingreifen durch Ansprache und Aussprache.

Krach und Krise haben in der Konfliktpsychologie auch als Chance eine positive Bedeutung, die nicht aus der Verdrängung, sondern aus der Verarbeitung entsteht. Verarbeitung heißt dabei, die in der Situtation gegebenen und erreichbaren Möglichkeiten zur Spannungslinderung und Konfliktregelung zu erkennen und die zur Verfügung stehenden Kräfte und Mittel zur Problemlösung nach innen und außen einzusetzen. Im Konflikt und seiner Bewältigung liegt so die Gelegenheit zur Bewährung zum Besseren, zur Einübung im Mitgefühl, zur Gewinnung neuer Dimensionen im angenommenen und umgestalteten Miteinander und zur Freisetzung von Reserven beim einzelnen wie insbesondere in der Gruppe.

Worauf der moderierende und koordinierende Verantwortliche im System der dialogisch-kooperativen Führung, die sich aus der gelungenen Kommunikation herleitet, besonders zu achten hat, ist vor allem die „Allgemeinverträglichkeit" der Konfliktlösung. Die Zustimmung möglichst vieler, der Kompromiß ist allerdings auch wünschenswert. Wo es keine einseitigen oder eindeutigen Gewinner oder Verlierer gibt, sondern alle Beteiligten ohne Gesichtsverlust der erarbeiteten Lösung zustimmen können, da hat die geforderte neue Streitkultur ihre Bewährungsprobe bestanden.

Sachzwang und Menschlichkeit

Mit der unvollkommenen Natur des Menschen hat die Schöpfung in ihrer eigenen Krone Stolpersteine des Anstosses zur Art- und Selbst-Erhaltung eingebaut: Atmung, Schlaf, Nahrungsaufnahme und -ausscheidung, Kleidung, Behausung und Transport sind die uns allen immanenten Sachzwänge physischer und physiologischer Art. Wie sie bewältigt wurden und werden mit Ackerbau, Jagd, Viehzucht und anderen Wirtschaftsformen, das läßt schon Rückschlüsse zu auf die jeweilige Kulturstufe. Auch wo der Mensch nicht mehr kannibalistisch seinesgleichen zum Verzehr schlachtet, hat er seiner Blutlüstigkeit auf den Schlachtfeldern heiliger oder unheiliger Kriege aller Zeiten ebenso gefrönt wie auf den Herz-Opfersteinen der Inka und Azteken im alten Mexiko, in den römischen Amphitheatern der Gladiatorenkämpfe, in den Folterkammern und auf den kirchlich errichteten Scheiterhaufen des Mittelalters, mit den Schwertern der japanischen Samurai oder in der scheinbar unblutigen Perversion und Perfektion der technisierten Tötung in den Gaskammern der Nazis.

Homo homini lupus – wenn auch inzwischen etwas weniger räudig und etwas mehr gebändigt oder zivilisiert – so bleibt doch der Mensch des Menschen Wolf und Feind. Daß es heute immer mehr Menschen werden, die vor dem Hintergrund solch anthropologischer Exzesse auch die geringer geschätzte und weniger geschützte Form des Kannibalismus der Tötung von Tieren zur Ernährung ablehnen, erscheint verständlich, und es sind nicht nur späte Rotkäppchen und frühe Grüne, die sich auch hierzulande der blutfreien Kost der Vegetarier verschrieben haben, die schon immer einzige Nahrung der Buddhisten war.

Wenn man auch im „snob-appeal“ moderner und modischer Kleidung Leder, Fell und Pelz wieder entdeckt, so hat doch Gesponnenes und Gewobenes die Oberhand in Unter- und Oberbekleidung, ob aus Natur- oder Kunstfaser. Erfreulich lange und doch erst einige Generationen ist es her, daß dazu die Weber – wie von Gerhart Hauptmann beschrieben – in unmenschlicher Fronarbeit beitragen mußten, die sie dennoch vergeblich gegen den Sachzwang der Mechanisierung und des Fortschritts zu verteidigen suchten. Im „Manchester-Cord“, den wir für unsere Berghosen schätzen, ist mit dem Namen noch etwas von dem Ort und seiner menschlichen Tragik zu Beginn der Industrialisierung in England enthalten. Mit einer kleinen Abschweifung zu Japan und seinem Wirtschaftsaufschwung zwischen Yen und Zen sei angemerkt, daß es ein Japaner war (Sakichi Toyoda), der in den dreißiger Jahren dieses Jahrhunderts seine Erfindung eines automatischen Webstuhls nach England verkaufte. Mit den nicht weniger als 100 000 englischen Pfund, die er dafür erlöste, legte er im August 1937 den Grundstein für die Firma, die seinen Namen trägt: Toyota Motor, die mit Abstand bestverdienende Gesellschaft im Lande der aufgehenden Sonne, die 1987 etwa jedes zehnte Automobil geliefert hat, das irgendwo auf dieser Welt gefahren wird.

Wenn ich mir jetzt erlaube, die Entwicklungsspanne im Wohnbereich von den Nomadenzelten, Höhlen und Hütten früher Zeiten und ferner Zonen bis hin zum heutigen Beton- oder Bio-Haus zu überspringen, so bin ich mit dem Stichwort von Toyota schon beim Automobil angekommen, das – gerade erst 100 Jahre alt geworden – wie kein anderes Fahrzeug und Fortbewegungsmittel seit der Erfindung des Rades in der Menschheitsgeschichte die individuelle Freiheit zur Beweglichkeit und den allgemeinen Fortschritt in Produktion und Technik revolutioniert hat. Am Auto, mit dem wir heute quasi automatisch vertraut und aufgewachsen sind, kann ich auch einen „Sachzwang“ relativ simpler Art aufzeigen und verdeutlichen.

Wenn wir uns nämlich stolz, selbstverständlich oder auch machmal etwas überdrüssig in die je nach Alter und Typ mehr oder weniger lack- und chromglitzernde oder auch leicht rostanfällige Karosse unserer Wahl und Kaufkraft – oder doch wenigstens unserer temporären Schuldenfähigkeit – gesetzt haben und losfahren wollen, die Zündung betätigen, mit Kupplung oder Automatik den Gang einlegen und dann Gas geben, dann verlangt der Sachzwang dieses automotiven Systems auf Rädern, daß wir das Lenkrad und später auch die Bremse bedienen, wenn wir nicht unliebsam mit Mauer oder Garagentor, Bordstein oder Chausseebaum kollidieren wollen. Ganz zu schweigen vom sonstigen Verkehr und seinen Teilnehmern, welche das mehr oder weniger geschätzte Chassis samt unserer Freude daran binnen kurzem zunichte machen oder doch mindestens zu Schaden kommen lassen könnten.

Das also ist ein Sachzwang, dessen Ursache wir zwar primär selbst gesetzt haben, dessen Kausalität wir uns aber nicht ungestraft entziehen können. So rasch also geraten wir Menschen alltäglich in die Fänge und Zwänge der Sachwelt von Zivilisation und Technik, die uns umgibt und mit der wir uns abgeben müssen, auch wenn wir möglichst natürlich zu leben suchen – was im Engadin immer leichter fällt als am Zürichsee oder in Frankfurt-Main(hattan). Aber auch schon ein Sturz vom muskelkraftbetriebenen Velociped, das den körpertüchtigen Schweizern auf ihren vielen Paßstraßen nach wie vor lieb scheint, kann schmerzhaft unangenehm sein. Und wenn wir etwa im Aufzug des Hotels statt des gewünschten Etagenknopfs versehentlich den Not-Halt drücken, dann kann es Wartezeiten drinnen wie draußen und Empörung oder Ärger anderer Beteiligter oder Benachteiligter geben anstatt der gewünschten Bewegung nach oben oder unten.

Technik jeder Art ist immer mit Sachzwängen verbunden, auch wenn diese letztlich ihre Kausalität stets der Erfindung und Herstellung durch den Menschen verdankt. Die Natur kennt zwar Jahreszeiten und Gezeiten, Sintflut, Taifune und Erdbeben, die den Menschen in Ehrfurcht und Schrecken halten können; seiner Verfügbarkeit aber und deren Konsequenzen bleibt sie zuletzt entzogen – hoffentlich!

Das einfache Ein- oder Ausschalten per Knopfdruck kann im Atomzeitalter katastrophale und globale Auswirkungen haben, wenn es zur Unzeit oder am Unort geschieht. Unfälle und Unvorhergesehenes sprechen eine zwanghaft eindringliche Sprache von Seveso über Bophal bis Tschernobyl, von der Löschwasser-Katastrophe im Rhein bei Basel bis zum Smog-Alarm in Berlin oder im Ruhrgebiet und zum Waldsterben, das allenthalben beklagt wird. Dies allerdings sind nicht Sachzwänge, sondern Herausforderungen zur Beherrschung oder Unterlassung durch den Menschen, der hier den Geistern, die er rief, nicht mehr gewachsen scheint. Einfacher, angenehm und fast unumgänglich erscheinen uns dagegen heute die Möglichkeiten der Regelung per Knopfdruck im Haushalt – vom Lichtschalter über Telefon und Television sowie Maschinen und Apparaten aller Art bis hin zu PC oder Internet. Was dort per Fingerdruck aus- oder eingelöst wird, sind Sachzwänge und Konsequenzen im sachgerechten Funktionieren der jeweiligen Systeme und Apparaturen, die uns zielgerichtet oder auch spielerisch das Leben erleichtern.

Ähnliches gilt natürlich erst recht im modernen Büro oder Betrieb. Es sind oft gar nicht mehr viele Menschen anzutreffen in den Fabrikhallen, wo die Wege für Werkstücke oder Teile mit Flurförderzügen von vollautomatisierten Hochregallagern zu den Arbeitsplätzen führen. Dort wiederum sind vielfach bereits mehrdimensionale Fertigungshilfen – in der Normalsprache Roboter genannt – im Einsatz und nehmen dem Menschen ab, was es zu schweißen und zu löten, zu schrauben und zu nieten oder sonst zu verformen und zu verbinden gilt. Der Mensch überwacht nur noch das System vom Schaltpult aus; die Arbeitsgänge laufen von Forschung und Entwicklung bis hin zu Produktion und Qualitätskontrolle, von der Fertigstellung bis zum Versand und zur Auslieferung computergestützt (CAD, CAM, CIM) und weitgehend automatisiert ab – sachzwanghaft gemäß dem gespeicherten Programm.

Stets aber behält der Mensch allen Ernstes das erste und letzte Wort gegenüber der von ihm selbst geschaffenen Automation – und sei es in der Programmiersprache und ihrer Codierung, die ein neuzeitliches Babylon im technischen Bereich verhindert. Stets führt die Maschine auch gemäß kompliziertester und komplexer Programmierung nur aus, was der Mensch ihr vorschreibt und eingibt. Die Maschine bewegt sich weder von selbst noch endlos ohne zugeführte Energie, davon legt der notwendig unerfüllte Traum vom „perpetuum mobile“ ein vielfach belegtes Zeugnis ab. Auch bleibt der „intelligenteste“ Computer der neuesten Generation stets trotz aller Horror-Visionen in Film und Science Fiction doch nur ein kümmerlicher Krüppel vor dem Genius und der Leistungsfähigkeit des menschlichen Gehirns, dem er immer nur Teilfunktionen in nachgebildeter Vernetzung abnehmen kann. Darin allerdings bringt er es mit Hilfe der Mega-Bytes zu schwer vorstellbaren Dimensionen und Geschwindigkeiten, Abkürzungen und Verlängerungen gleichermaßen in Raum und Zeit.

Wie aber ohne Schubs nichts in Rollen kommt und ohne Energiezuführung nichts in Bewegung bleibt, so steht auch alles Wirtschaften unter einem einfachen, indirekten Sachzwang – nämlich dem der Wirtschaftlichkeit. Es sind viele Arten menschlicher Betätigung und Beschäftigung denkbar im Bereich kommunaler, kantonaler, kirchlicher oder auch sonst gemeinnütziger Arbeit. Wo jedoch die Erwirtschaftung eines Ergebnisses als Ertrag kraft des Aufwandes eingesetzter Mittel angestrebt wird und nicht die Ausschöpfung eines vorgegebenen Haushaltsrahmens, da muß am Ende etwas übrig bleiben. Ob man die Bilanz und Gewinn- und Verlust-Rechnung kapitalistisch oder sozialistisch erstellt, ob man die Zahlen schwarz, rot oder grün schreibt, ob man sie im Kopf oder im Computer gerechnet hat, im Milchladen der berühmten Tante Emma oder im multinationalen Großkonzern mit modernster Rechnungslegung: Wenn unterm Strich und in der Kasse nichts übrig bleibt, dann war alles Mühen umsonst, weil es an flüssigen Mitteln fehlt zur Fortsetzung des Erwerbsunternehmens.

Auch staatlich oder sozialistisch gelenkte Planwirtschaft ebenso wie genossenschaftliche oder gewerkschaftliche Spielarten der Erwerbswirtschaft stehen unter dem Erfordernis der Wirtschaftlichkeit, der Wahrung und Mehrung ihres Bestandes. „Wo nichts ist, da hat der Kaiser sein Recht verloren" – sagt der autoritätsgläubige Volksmund in pragmatisch-realistischer Erkenntnis noch heute – und meint damit auch die vielen, oft unschuldigen Gläubiger, die neben der Obrigkeit ihre Ansprüche verlieren, wie spektakuläre Pleiten und Konkursverfahren immer wieder deutlich machen – bis hin zur „Neuen Heimat" aus der kapitalistisch verfremdeten Aktivität des Deutschen Gewerkschaftsbundes, der sich mittlerweile auf seine angestammte Tätigkeit für die ihm anvertrauten Mitglieder und ihre Beitragsgelder zurückzubesinnen scheint.

Wirtschaftlichkeit also lautet der erste Grundsatz jeder Betriebs- und Unternehmensführung, denn ohne ein positives Ergebnis, ohne Gewinn. Rendite, Profit oder wie immer man es bezeichnen und bewörtern mag, ohne Erfolg also verspielt der Wirtschaftende nicht nur seinen Kredit bei Banken und Geschäftspartnern, sondern auf die Dauer auch sein Vermögen, finanziell wie potentiell: Der Weg zum Konkursgericht oder die Selbstauflösung beenden dann unliebsam die Geschäftstätigkeit. Mit den Worten des schon fast legendären Altbankiers Hermann Josef Abs von der Deutschen Bank ist der Gewinn für ein Unternehmen so wichtig wie die Luft zum Atmen für den Menschen. Er fügt aber auch hinzu, daß der Mensch nicht nur lebt, um zu atmen – und so existiert auch ein Wirtschaftsunternehmen nicht nur, um Gewinn zu machen. Daneben steht deutlich und eindeutig die soziale und personale Verantwortung für die Mitarbeiter. So jedenfalls ergibt es sich nicht zuletzt aus der grundlegenden Bestimmung des § 2 des deutschen Betriebsverfassungsgesetzes, das die vertrauensvolle Zusammenarbeit zwischen Arbeitgeber und Betriebsrat verlangt zum Wohle der Arbeitnehmer *und* des Betriebes. Selbst die soziale Verantwortlichkeit kann nicht bei den Beschäftigten und ihrem Wohlergeben stehenbleiben; wichtig und als Existenzgrundlage für die Gemeinschaft von Arbeitgebern und Arbeitnehmern gleichermaßen unabdingbar ist vielmehr auch das Wohl und Wehe des Betriebes, mit anderen Worten: der Sachzwang der Wirtschaftlichkeit als die gemeinsame Grundlage.

Wo hier im Einzelfall die Grenze zu ziehen ist, läßt sich nicht allgemeinverbindlich festlegen, sondern kann nur situativ immer neu geprüft und entschieden werden. So kann es um der Erhaltung der Wirtschaftlichkeit eines Unternehmens willen beispielsweise notwendig werden, die Personalkosten, das heißt die Belegschaft zu reduzieren, und wo natürliche Fluktuation, Einstellungsstopp, vorzeitige Pensionierung usw. nicht ausreichen, können Entlassungen nötig sein, um das Überleben des Betriebes und mit ihm der Mehrzahl der Beschäftigten und ihrer Arbeitsplätze zu garantieren. Bei allem Verständnis für die Problematik und möglicherweise menschliche Tragik einzelner Betroffener kann eine verantwortliche Unternehmensführung nicht umhin, sich auch solchen Entscheidungen zu stellen und ihr Urteil dazu zu fällen. Daß dabei dann trotz möglicherweise einschneidender Maßnahmen, die sich aus dem Sachzwang der Erhaltung des Unternehmens samt seiner Wirtschaftlichkeit und Wettbewerbsfähigkeit ergeben können, die Forderungen der Menschlichkeit nicht auf der Strecke bleiben, dafür sorgen Sozialpläne samt sorgsam abgewogener Individualentscheidungen unter Berücksichtigung der je spezifischen personalen und persönlichen Verhältnisse.

Was dabei in keinem Fall passieren darf, ist unkorrektes, unsoziales oder unmenschliches Handeln und Verhalten. Gerade in Zeiten der Not erweisen sich Stärke und Haltbarkeit von Geist und Stil des Hauses, und es wurden schon Fälle berichtet, wo beispielsweise ein allgemeiner Verzicht auf Gehaltserhöhung zu einem bestimmten Zeitpunkt die drohende Aktion der Entlassung eines Teiles der Belegschaft verhindern konnte – wo aus der Betriebsgemeinschaft eine echte Solidargemeinschaft wurde. Man darf es sich also nicht zu leicht machen mit Maßnahmen, die die Mitarbeiter betreffen und die nicht nur rechnerisch getroffen werden dürfen. Ganz abgesehen von den vielerlei vorgeschobenen oder doch gerne als Vorwand benutzten Sachzwängen darf selbst der echte und einsehbare Sachzwang – der sich etwa aus dem Geschehen in Markt, Währung und Weltwirtschaft ergeben kann – nicht herhalten müssen zur Entschuldigung für Mangel an Menschlichkeit. Selbst sachlich unabdingbare Maßnahmen zur Umorganisation, Restrukturierung, Verlegung oder Veränderung von Abläufen und Arbeitsplätzen bis hin zu Entlassungen können menschlich korrekt durchgeführt werden, auch wenn der Vollzug für einzelne leidvoll bleiben mag und muß.

Die Würde des Menschen ist unantastbar – so steht es exemplarisch und verpflichtend am Anfang des Grundgesetzes der Bundesrepublik Deutschland. Dieses Gebot besteht auch fort im Rahmen besonderer Gewaltverhältnisse, besteht auch dort, wo der arbeitende Mensch aus der Freiheit seiner persönlichen Entscheidung sich im Rahmen kollektiver oder einzelvertraglicher Bindung verpflichtet zur Erbringung geldwerter Dienste und Leistung. Ob man den Menschen mit dem Bilde der Bibel als imago dei sieht oder mit dem griechischen Philosophen Protagoras als das Maß aller Dinge; jedenfalls bleibt er sich selbst und seinem Bilde Rechenschaft schuldig inmitten aller auferlegten und selbstgeschaffenen Sachzwänge, die das Bild gelegentlich verdüstern und verfremden mögen. Menschlichkeit ist nur dem Menschen eigen – in ihr trifft oder verfehlt er sich selbst, gemäß dem Gebot seines Gewissens, seiner höheren Natur, seines innersten Wesens und Wissens vom tiefsten, wahren Anthropos, zu dem er unterwegs ist.

Daß er die Freiheit hat, gegen dieses Gebot zu verstoßen und sich und sein Bild zu verfehlen, gehört zur Tragik seiner fehlbar angelegten äußeren Natur, gehört in den Bereich des Sachzwangs seiner Triebhaftigkeit, die es genauso zu bewältigen gilt wie die Getriebenheit seiner weltlichen Existenz. Was ihm dabei zu Hilfe kommen kann, ist der Umkehrschub eines meditativen Bewußtseins, das zur Mitte und nach innen führt, wo Kraft und Gelassenheit in der Stille frei verfügbar sind und nur der Aktivierung harren. Leichter läßt sich daraus das Paradoxe der jeweiligen Lebenssituation aushalten, die es individuell immer neu anzunehmen und auszugestalten gilt, gemäß dem bekannten Gebet von Ch. F. Oetinger:

Gott gebe mir
die Gelassenheit,
die Dinge hinzunehmen,
die ich nicht ändern kann,
den Mut,
die Dinge zu ändern,
die ich ändern kann,
und die Weisheit,
das eine vom anderen zur unterscheiden!

Wirtschaftlichkeit ist das Gebot sachlicher Betätigung des Menschen im Bereich der Wirtschaft, wo allerdingst nicht jeder in Freiheit geschaffene Sach-Verhalt dem Sach-Zwang entspricht, als der er sich dann oft gerne ausgibt. Mit dem gegebenen Pfunde zu wuchern und Vorhandenes nicht zu verderben oder zu vernachlässigen, sondern nach guten Kräften zu wahren und zu mehren, ist Teil dieses Gebotes. Gewinn und Wohlstand als Folge von Fleiß und Leistung sind nicht verwerflich oder vorwerfbar, wenn mit Maß und Anstand erworben und nicht aus Habgier und Eigensucht entstanden.

Menschlichkeit ist nur dem Menschen eigen: In ihr trifft oder verfehlt er sich selbst gemäß dem genuin als göttlich gewollten Bilde von sich in der Welt als dem Maß aller Dinge.

Kapitel III

Fehlsamkeit und Vertrauen

FEHLSAMKEIT UND VERTRAUEN

Wer keine Fehler macht,
macht sicher etwas falsch.

Nur durch das Recht auf Fehler
kann Kennen zum Können
werden.

Fehler bei sich selbst
zuzugeben, zeigt Großmut;
sie anderen zuzugestehen,
zeigt Klugheit.

Der Balken im eigenen Auge
ist das beste Vergrößerungs-
glas.

Wer den anderen in die Augen
schauen kann,
braucht ihnen weniger auf die
Finger zu sehen.

Geduld ist nicht nur der
Schlüssel zur Freude,
sondern öffnet erst die Pforten
der Wahrnehmung.

Wer aufhört, besser zu werden,
ist schon nicht mehr gut.

Was nicht eingeübt wurde,
kann auch nicht ausgeübt
werden.

Sich (selbst) ärgern ist
entweder dumm oder
masochistisch.

Vertrauen ehrt – insbesondere
den, der es gewährt.

Vertrauen läßt sich nur
gewinnen,
wenn man es gewährt.

Um Stärke und Vertrauen
auszustrahlen,
muß man sie in sich haben.

Wo eine Schwäche ist,
da lauert eine Meisterschaft.

Für den ersten Eindruck
gibt es keine zweite Chance.

Nur was man merkt,
kann man sich merken.

Wer in der Tinte sitzt,
kann nicht mehr lesen,
was geschrieben steht.

Maßlosigkeit ist das Stigma des
Menschen,
der sich vor anderen überhebt.

Nicht Kleingeist und Resignation, sondern Großmut und Initiative bereichern die Zusammenarbeit.

Bescheid geben kann nur, wer selbst bescheiden ist.

Verständigung setzt Verständnis voraus,
das nicht nur aus
dem Verstand,
sondern aus Herz, Hirn
und Hara kommen muß.

Menschlichkeit ist nur dem Menschen eigen;
in ihr trifft oder verfehlt er das Bild von sich selbst.

Meisterschaft des Menschlichen entsteht aus
der ständigen Ein-Übung
der Menschlichkeit.

Es gibt auf der Welt einen einzigen Menschen, den jeder wirklich und wirksam zu ändern vermag: sich selbst.

DEMUT

SHIKISHU /

HAJI O SHIRU

Vertrauen

„Trau, schau, wem!“ sagt der Volksmund und meint damit das Gegenteil von „blindem Vertrauen“, das allerdings selbst dort, wo es als solches apostrophiert wird, wohl niemals blindlings gewährt, sondern erst aus zuvor gewonnener Schau erlangt wird: dann allerdings ohne ständig notwendige Rechtfertigung im Detail.

Vertrauen ist umfassend und voll umfänglich. Zwar bekommt man es nicht geschenkt, sondern man muß es sich verdienen, im kontinuierlichen umgänglichen Miteinander des Zusammenlebens und der Zusammenarbeit, die selbst von Gesetzestexten als eine vertrauensvolle gefordert wird: wie viel mehr noch von den Regungen und Postulaten der Menschlichkeit!

Vertrauen gewinnt man, indem man es gewährt, es bedarf der Kraft des Vorschusses von der einen Seite aus, die sich damit nicht der Kontrollmöglichkeit begibt, aber auf die Stärke der Selbststeuerung setzt. An die Stelle mißtrauischer und kontrovers angelegter Prüfung tritt die Konsensorientierung im offenen Austausch; das Dialogische an die Stelle des dialektischen Diskurses.

„Nichts ist dem Menschen zu eigen, so wohl steht ihm nichts an, als daß er Treu' erzeugen und Freundschaft halten kann“.

So sagt es der mittelalterliche Dichter, und so gilt es noch heute unter den Menschen. Treue und Trauen wachsen nicht nur sprachlich auf demselben Holz, und man muß sich selbst ebenso wie den anderen schon etwas zutrauen, um zu Leistung zu kommen. Daß das Mißtrauen vom anderen Ende der diesbezüglichen sprachlichen Skala dafür keine günstigen Voraussetzungen schaft, leuchtet wohl ohne weiteres ein.

So verbindet sich dem Vertrauen notwendig die Offenheit, die Schaffung und Belassung von Freiräumen, aus denen heraus sich in freier Willigkeit ein Verhältnis der Gegenseitigkeit auf Dauer entwickelt, in dem sich Toleranz und Respekt vor der Würde des einzelnen und seiner Persönlichkeit verbinden mit einem Sinn für Partnerschaft und Gemeinsamkeit.

Solches Vertrauen bedarf auch der Zeit in Geduld, sich zu entwickeln, aufzubauen und dann zu bewähren; es bedarf der Ehrlichkeit, Glaubwürdigkeit und Zuverlässigkeit der

Beteiligten, die in persönlicher Bescheidenheit bereit sind, sich unter einem höheren Ziel gegenseitig zu helfen.

Welch hoher Stellenwert dem Vertrauen in der Führungkunst schon in anderen Zeiten und in anderen Kulturen zukam, lesen wir etwa bei *Konfuzius,* der einmal von einem Schüler gefragt wurde, worauf es in der Verwaltung eines Staats vorzugsweise ankomme. Er antwortete: „Auf ein tüchtiges Heer, auf Ernährung für das Volk und darauf, daß es Vertrauen zu seinem Herrscher hat." „Und wenn aber nicht alles zu erreichen ist, worauf am ehesten kann man verzichten?" fragt der Schüler. „Auf das Heer", war die Antwort. „Und wenn auch noch ein weiteres entfallen müßte?" fragt der Schüler, und Kung-fu-tse antwortet: „Die Nahrung, denn zwar sind Speise und Trank zum Leben notwendig, allein: Früher oder später muß doch jeder sterben. Ohne Vertrauen aber ist es unmöglich, daß der Staat auch nur einen Tag überlebt."

Für den modernen Unternehmensführer ist dies keine apokryphe Geschichte, sondern je nach seiner persönlichen Disposition und Überzeugung gelebte, zu lebende und damit lebendige Gegenwart. „Worauf Sie sich verlassen können", ist ihm keine leere Worthülse, sondern Erfahrung und Bekenntnis, worauf man baut und (blind) vertraut, in der gegenseitigen Teilhabe am anderen, an der Gemeinschaft, in die man sich einbringt, auf die man bezogen ist, auf die man sich verlassen kann.

Vertrauen ist das wichtigste Betriebskapital

„Zur Sache zu kommen" ist ein häufig gehörter oder gebrauchter Hinweis im Mitarbeitergespräch, verbunden meist mit einem leichten Vorwurf gegen das zu sehr „Persönliche". Folgt man jedoch der Lichtspur von Führungspersönlichkeiten in Geschichte und Gegenwart, in Kult und Kultur von Gesellschaft und Wirtschaft, so stellt sich meist heraus, daß es gerade das Höchstpersönliche ist, was den besonderen Reiz und die Anerkennung für den erfolgreich Führenden ausmacht. Ob Karma, Charme oder Charisma: In jedem Fall geht es weniger um die wissensmäßige Qualifikation in ihrer objektiven Meßbarkeit als vielmehr um die wesensmäßige Qualität in ihrer subjektiven Zugemessenheit, wie sie einer Person je einmalig zu eigen ist.

„Personale Kompetenz" wäre dafür vielleicht der richtige Ausdruck – abgehoben bewußt von der sachlichen wie der sozialen Kompetenz. Selbstverständlich gehört das nachgewiesene Kennen und Können in dem einen oder anderen Fachgebiet mit zu den Grundvoraussetzungen jeder Führungstätigkeit, die sich im konstruktiven Umgang mit sich und anderen manifestiert.

Personale Kompetenz aber meint noch mehr und etwas anderes. Ihr geht es um die persönliche Autorität, die sich mit einem Menschen verbindet, unabhängig von Amt, Funktion oder Position in der Hierarchie oder jedenfalls darüber hinaus im Sinne seiner natürlichen und endogenen menschlichen Würde – wie sie schon das Grundgesetz in seinem ersten Artikel schützt.

Nicht bei jedem aber kommt sie gleich zum Ausdruck, auch wenn vor dem Gesetz und der Verfassung alle Menschen gleich sind. Da sie aber alle unterschiedlich begabt, talentiert und strukturiert auf die Welt kommen, kann diese sie nicht alle gleich oder gleichermaßen erkennen oder anerkennen. Auch in der Entwicklung und Zuerkennung von Führungsqualitäten kann es deshalb trotz fälschlicherweise weitverbreiteter Anspruchshaltung nicht darum gehen, jedem die gleiche Chance zu geben. Es geht vielmehr darum, jedem seine persönliche Chance zu lassen, die je nach Veranlagung, Wesen und Entwicklung sehr unterschiedlich aussehen kann.

Für den Erfolg der Führung bürgt das persönliche Format im Sinne von natürlicher Autorität und personaler

Kompetenz, deren Wirkung, Eindruck und Ausstrahlung aus dem Inneren, aus dem Kern der Person kommt. Dafür spricht auch die Herkunft des Wortes „Person" von „personare", hindurchdringen, womit Ton und Ausdruck durch die Maske des Schauspielers im antiken Theater hindurch gemeint waren. Hindurchdringen kann aber nur, was drinnen ist, weshalb für den Menschen mit Ambition und Kompetenz zur Führung eine gewisse Art der Durchlässigkeit notwendig ist.

Solche Durchlässigkeit im Sinne einer inneren, einer Seins-Verfassung des Menschen geht günstigerweise einher mit einem „Sich-selbst-immer-mehr-durchsichtig-Werden" – mit einer Öffnung und Offenheit, die neben der unverstellten Wirkung des eigenen Wesens auch andere Menschen unbefangen und ohne Vorurteile auf sich wirken läßt. Kommunikation aus dem Raum jenseits der Worte und Argumente hat hier ihren Ursprung im Austausch von Vertrauen, das im Herzen wohnt und von Gefühl, Empfindung und Intuition begleitet ist.

Daß solches Vertrauen sich eher verschenkt als verdient und gewinnt, indem es gewährt wird, liegt auf der Hand – und entzieht sich rein rationaler Rechtfertigung. „Lieber Geld verlieren als Vertrauen", sagt Robert Bosch der Ältere; „Worauf Sie sich verlassen können!" sagen wir heute verdächtig oft und wohl gerade dann, wenn wir es nicht so meinen. Und bei Albert Schweitzer können wir lesen: „Vertrauen ist für alle Unternehmungen das große Betriebskapital, ohne welches kein nützliches Werk auskommen kann. Es schafft auf allen Gebieten die Bedingungen geschichtlichen Geschehens."

Kapitel IV

Haben und Sein

H A B E N U N D S E I N

*Man kann viel haben,
ohne etwas davon zu haben.*

*Wer nichts hat,
hat auch nichts zu verlieren.*

*Wir dürfen vieles haben und
besitzen,
wenn wir es nicht brauchen.*

*Je weniger wir brauchen,
desto reicher sind wir.*

*Wichtiger ist es, zu sein,
als etwas zu sein.*

*Das Haben-Wollen
ist der Feind des Sein-Können.*

*Zu zeigen, was er hat,
scheint manchem wichtiger,
als zu sein, was er ist.*

*Bekannt oder gar berühmt
zu werden kann sich nur
leisten, wer es nicht nötig hat.*

*Wirklich gelassen kann nur
sein, wer sein ichsüchtiges Ego
los-gelassen hat.*

*Wir tun so viel,
weil wir so wenig sind.*

*Freunde wird auf die Dauer
nur haben, wer selbst bereit ist,
Freund zu sein.*

*Was wir sind, spricht eine
deutlichere Sprache als
was wir sagen.*

*Geben ist nicht nur seliger,
sondern auch wirksamer als
Nehmen:
Nur wer teilen kann, kann
auch Anteil nehmen.*

*Wer die Menschen nur so
nimmt, wie sie sind,
macht sie schlechter, als sie
sein könnten.*

*Wir müssen lernen, sein zu
können,
was wir eigentlich schon
immer sind.*

*Wir müssen wissen,
was wir sagen,
wir müssen wollen,
was wir tun,
wir müssen werden,
was wir sind.*

*Viel wissen, wenig sagen,
etwas tun, alles sein.*

*Der Güter höchstes Gut:
Die Güte, die der Mensch be-
zeugt in seinem Sein und Tun.*

*Neid und Geiz sind die Stachel
des Haben-Wollens im Fleisch
des Mensch-Seins.*

*Ganzheitlichkeit im Denken
und Fühlen bedarf des
ganzheitlichen – des ganzen
Menschen.*

*Nicht jedem die gleiche,
aber jedem seine Chance.*

*Von der Schwierigkeit des Tuns
zur Schwerelosigkeit des Seins:
durch die Schwingung
des Schweigens zur Tiefe
der Innerlichkeit.*

HARMONIE UND FRIEDE

WA

Schöpferisches und Empfangendes

Himmel und Hölle in uns

Kiën, das Schöpferische, der Himmel (durch sechs ungeteilte Striche übereinander dargestellt), ist das erste Zeichen im I Ging, dem alten chinesischen Weisheitsbuch der Wandlungen, womit es dem lichten Yang-Prinzip des Tai-Gi-Zeichens entspricht.

Kun, das Empfangende, die Erde (bestehend aus sechs geteilten Linien) als das zweite Zeichen des I Ging entspricht der schattigen, weichen, rezeptiven Urkraft des Yin. Es ist das vollkommene Gegenstück zum Schöpferischen – nicht der Gegensatz, wie wir ihn in „Himmel und Hölle" empfinden.

Ob es diesen Gegensatz in der chinesischen Philosophie auch gibt oder nicht, mag dahingestellt bleiben. Wichtig nach dem Buch der Wandlungen ist allein der Wandel, die Entwicklung, die Bewegung. „Himmel und Erde", so wird gesagt, „kommen in Berührung, und alle Dinge bilden sich und gewinnen Form" – insbesondere im Menschen, der mit beiden Beinen auf der Erde steht oder geht und zugleich mit Herz und Sinn den Himmel gewinnen kann.

Daß ihm dies auch im alten China nicht ohne Anstrengung, nicht ohne eigenes Bemühen zugedacht ist, zeigt ein Zitat aus einem späteren Zeichen (Sun = die Minderung): „So bändigt der Edle seinen Zorn und hemmt seine Triebe"; auch hier also durchaus die Einbeziehung zerstörerischer, niederer Lebenskräfte, die es zu mindern gilt, um die höheren Seiten der menschlichen Natur zu stärken und zu bereichern.

Hierzu eine kleine Geschichte aus dem japanischen Zen, das im chinesischen Dschan seine Wurzeln hat. Einer der ganz großen Meister des Zen, der 19. Patriarch der Rinzai-Schule in Japan (1683 bis 1768), Hakuin, wurde einst besucht von einem Samurai, einem hochgestellten Krieger des Kaisers, mit der Frage:

„Gibt es wirklich einen Himmel und eine Hölle?"

„Wer bist du?" fragte der Meister.

„Ein Samurai, ein Soldat der kaiserlichen Garde", antwortete stolz der Krieger.

„Das glaube ich nicht", meinte darauf Hakuin, „dafür siehst du mir viel zu jämmerlich aus. So einen wie dich stellt der Kaiser nicht ein in seine Garde!"

Aufbrausend griff der Krieger zum Schwert, doch Hakuin blieb ganz ruhig und sagte nur: „Na los! Wirst du es wirklich schaffen, mir den Kopf abzuschlagen?“

Der Samurai aber konnte sich nicht mehr zurückhalten und stürzte wütend mit gezogenem Schwert auf den Meister ein.

Dieser lächelte ihm nur entgegen und sagte: „Jetzt kennst du die erste Hälfte der Antwort; eben hast du die Tore der Hölle geöffnet.“

Wie vom Blitz gerührt blieb da der Krieger stehen. Dann steckte er sein Schwert in die Scheide und verneigte sich tief vor Hakuin.

„Jetzt kennst du auch die zweite Hälfte der Antwort“, sagte darauf der Meister, „eben hast du die Tore des Himmels geöffnet!“

So leicht also kann es sein, in der durchlichtenden, durchdringenden Gegenwart eines meisterlichen Menschen dessen inne zu werden, was Himmel und Hölle in uns sind und bewirken. Woher aber nehmen wir im Umgang mit uns selbst und unseresgleichen heutzutage das Wissen um diese Inner-Welt und den Zugang zu ihr?

Wesentlich ist zunächst die Bereitschaft, die Hölle und das Böse, das Dunkel und den Schatten in uns selbst und als Teil von uns zu erkennen und anzunehmen. Die Pforten der Wahrnehmung aber öffnen sich nur dem existentiell aufrichtig und ganzheitlich suchenden Blick, der nicht vom eigenen Nur-gut-sein-Wollen oder gar Gut-zu-sein-Glauben pharisäisch getrübt ist. „Die Anerkennung des eigenen Bösen ist gut. Zu gut sein, das heißt die Grenzen des an Gutem wirklich Vorhandenen und Möglichen überspringen zu wollen, ist böse“ – so lesen wir bei Erich Neumann, dessen „Tiefenpsychologie und neue Ethik“ wohl einer der kühnsten und wichtigsten Entwürfe für eine menschliche Moral der neuen Zeit ist.

Der Schatten, der unbewußt negative Teil der Persönlichkeit, das gerüttelt Maß an Hölle in uns, spielt seit C. G. Jung in der Tiefenpsychologie eine zentrale Rolle. Wie die Finsternis, so ist auch der Schatten ein Stück Mangel an Licht – geworfen von dem, was vor dem Licht steht. Mit den Worten des Dichters Heinz Brenner gesprochen:

„Nimm deinen Schatten an,
lerne mit ihm zu leben!
Er wartet vielleicht darauf,
nicht nur geworfen zu sein,
irgendwohin –
Sondern auch aufgenommen von
dir und in dich eingelebt,
als ein entsöhntes Gespenst.
Auch er ist ein Lebenszeichen!
Wenn du deinen Schatten siehst,
ist nicht mehr der Himmel
verhangen,
es wird ein schöner Tag:
Über dir, hinter dir, Licht!

Schattenloses Sein ist nur im Zentrum des Lichts denkbar, etwa auf der Sonne oder in Gott, oder im Zustand der Erleuchtung, denn das Licht des Geistes kommt von innen und kennt – gegenstandslos – keinen Schatten.

Der Schatten in uns, der zu den tradierten Werten in Widerspruch steht, wird im allgemeinen nicht als negativer Teil der eigenen Struktur akzeptiert, sondern gefällig nach außen verlegt, das heißt projiziert. Statt als „eigenes Drinnen" wird er als „fremdes Draußen" bekämpft, bestraft und ausgerottet: Kreuzzüge, Kriege und Ketzerverbrennungen nahmen so ihren Ausgang.

Der Schatten des Einzelnen ist immer auch mit dem kollektiven Schatten verbunden. Und in der vom Einzelnen bewußt akzeptierten und aktiv erlittenen Verarbeitung eines eigenen Bösen wird immer auch ein Stück Böses des Kollektivs mit verarbeitet, neutralisiert und erledigt.

Dies mag wenig tröstlich klingen in einer Zeit, die wie niemals zuvor in der Weltgeschichte geprägt ist von kollektiven Ausbrüchen des Bösen im Menschen. Nach Auschwitz und Hiroshima ebenso wie angesichts der Gefahren vielfältiger ethnischer oder lokaler Kriege in Afghanistan, Bosnien oder Afrika kann man nicht mehr nur vom Bösen im einzelnen Menschen sprechen.

Und doch hat der Einzelne keine andere Wahl, keinen anderen Weg als den eigenen, der mit dem echten Willen und der Bereitschaft zur Selbsterkenntnis beginnt, die das Bild nicht schönt, das sie hält. Die Notwendigkeit, das Böse in sich aus eigenem Antrieb und in eigener Regie zu verarbeiten, führt zum Postulat der Bewußtwerdung als existentieller Pflicht.

Dabei ist der Garten der eigenen Hölle gar nicht immer mit so eindeutig giftigen, unerwünschten Gewächsen durchzogen wie Neid oder Mißgunst, Geiz oder Habgier, Zorn oder Streitsucht, Haß oder Eifersucht, Stolz oder Eitelkeit, beißendem Spott, boshafter Ironie, besserwissender Rechthaberei oder auch nur der alltäglichen Griesgrämigkeit, Wichtigtuerei und Gereiztheit.

Daneben und davor wuchern schon bei gärtnerischer Unachtsamkeit in unserem Herzen die scheinbar harmlosen Pflänzchen der kleinen Gehässigkeiten und Häme, die den anderen der Lächerlichkeit oder dem Geschwätz preisgeben, ihn herabsetzen oder verärgern, ängstigen oder kränken: „Natürlich! – Habe ich es nicht schon immer gesagt! – Es ist immer dasselbe mit ihm oder ihr oder diesem oder jenem"; jeder betriebliche Alltag, jede Diskussion gibt vielfältige Gelegenheit zu diesbezüglich aufschlußreicher Beobachtung und Selbst-Beobachtung.

In einem aber sind die genannten Gewächse sich ähnlich: Sie alle gedeihen vornehmlich auf dem Boden der Selbstsucht, durch die das Böse in den Menschen gelangt. Man bediene sich deshalb möglichst häufig des Düngers der Selbstlosigkeit und des Wassers der Liebe zur Pflege des Gartens der Menschlichkeit, und man wird wunderlicher Wandlung gewahr werden. Nicht die definitive Beseitigung des Übels, die über unsere Kräfte gehen mag, ist gefragt, wohl aber die allmähliche Verwandlung durch bewußte Einbeziehung in positive Inhalte – nicht Verleugnung, Ablehnung und Verdrängung, sondern Einsicht, Annahme und Aufarbeitung, kurz: Integration.

Zerstörerisch im Menschen wirkt das abgespaltene Böse, das nicht mehr als Teil leidvoll eigenen Seins akzeptiert und gelebt wird.

Schöpferisch im Menschen wirkt die bewußt gewordene und ausgehaltene Spannung der Pole von Gut und Böse, von Himmel und Hölle in uns. Verwirklichen allerdings kann diese nur der *humilis*, der dem *humus*, der Erde Nahe, der wirklich Humane und also Demütige, der durch das Annehmen seines Schattens in die eigene Hölle gegangen und aus der Tiefe des eigenen Urgrundes herausgewachsen ist.

Ich möchte noch einmal das eingangs gebrauchte Bild vom Krieger benutzen – diesmal aber mit den Worten von Carlos Castaneda, nach dem man nur als Krieger auf dem Pfad des Wissens überleben kann: „Die Kunst eines Kriegers ist es nämlich, den Schrecken, ein Mensch zu sein, mit dem Wunder, ein Mensch zu sein, im Gleichgewicht zu halten.“

„Der Himmel ist in dir
und auch der Höllen Qual:
Was du erkiest und willst,
das hast du überall.“
(Angelus Silesius)

Wahres Führen muss Dienen sein

Es sind nicht die dafür so oft und fälschlich verantwortlich gemachten Verhältnisse, die die Bedingungen unseres Lebens schaffen; es ist vielmehr der Mensch mit seiner Einstellung und Haltung, seinem Wollen und Verhalten. Vertrauenswürdigkeit gehört unabdingbar zur personalen Kompetenz im Sinne der Menschlichkeit. Menschlichkeit ist keine Frage der Organisation, sondern des gelebten Miteinanders als Grundlage jeder Führung.

Menschlichkeit ist nur dem Menschen eigen, in ihr trifft oder verfehlt er sich selbst. Glaubwürdigkeit, Aufrichtigkeit, Wahrhaftigkeit sind die Bausteine, aus denen sich Verläßlichkeit, Zuverlässigkeit und Vertrauen bilden. Maßstab des Menschlichen zu sein, das ist Geheimnis und Auftrag charismatischer Führungsfiguren, die ihrer Zeit und Umwelt Maß und Richtung weisen.

Weil solche Weisung für den richtigen Weg im Umgang mit anderen richtigerweise immer wieder neu des kritischen Umgangs mit sich selbst bedarf, steht an der Schwelle jeder rechten Erfüllung einer Führungsaufgabe ein einziges Wort als Bedingung: Selbsterkenntnis. Von den Tempelinschriften der Griechen bis zur modernen Managementliteratur, von Pindars zweiter phytischer Ode („Werde, der du bist – doch erkenne erst!") bis zu Peter Druckers Forderung nach der rechten Gesinnung in der Führung („Letzten Endes sind es die geistige Schau und die persönliche Integrität, die den Manager ausmachen") geht es immer um die zentrale Frage nach dem erkannten, nach dem anerkannten, nach dem angenommenen und ernst genommenen Selbst mit all seinen Schwächen und Schatten.

Und da man vor sich selbst – entgegen vielfach geübter Praxis – auf die Dauer am allerwenigsten davonlaufen kann, ist es schon ganz pragmatisch besser, mit sich selbst im Einklang leben zu lernen. Wer aber gelernt hat, mit sich selbst und seinen Grenzen und Begrenztheiten einsichtig und produktiv umzugehen, der wird auch dem anderen den Weg zu seiner Selbstwerdung zugestehen: Selbstdisziplin als eine sittliche Tugend, die sich als praktische Lebenshaltung erweist.

Nach Viktor Frankl, dem Nestor der österreichischen Tiefenpsychologie und Begründer der Logotherapie und der Lehre vom Sinn, wird der Mensch erst dort ganz

Mensch, wo er über sich selbst hinausreicht. Für diese „Selbsttranszendenz“ weist er auf zwei mögliche Wege: nämlich die liebende Zuwendung zu einem anderen Menschen oder die aufopfernde Hinwendung im Dienst an einer Sache, einer Gemeinschaft, einem Werk.

Solche Dienstbereitschaft, die den im Führungsauftrag über sich selbst, über sein Ego hinausgewachsenen Verantwortlichen auszeichnet, unterscheidet ihn wohltuend von den vielen Chefs mit dem bloßen Willen zur Macht und dem Dienst, den sie nur für sich verlangen. Demut, an dessen Wortstamm „Diemuot“ oder „Dien-Mut“ steht, wurde denn auch schon als besondere Kategorie der Unternehmertugend gefordert, nicht zu verwechseln mit Unterwürfigkeit.

Selbstwerdung und Selbstentfaltung also in der Anspruchslosigkeit der Verwirklichung von Selbsttranszendenz anstelle der vielfach lauthals zu Markt getragenen Forderung nach Selbstverwirklichung – das ist die Maxime.

An die Stelle der Absicht zu herrschen tritt gebieterisch die Bereitschaft zu dienen in der Legitimation der Führung: Wahres Führen muß Dienen sein. Daß solche Größe gerade im Bereich der Wirtschaft, die in weiten Teilen noch auf organisierter Selbstliebe beruht, nicht oft anzutreffen ist, liegt in der Schwierigkeit des Überwindens von persönlichem Ehrgeiz, der selbst der im Ansatz vorhandenen Dienstbereitschaft immer wieder in die Quere kommt.

Davon zu lassen ist nicht leicht und fordert zunehmend Bereitschaft zur Distanz, zum Abstand von sich selbst und dem alten Ego. Es lohnt sich aber doch, auf diesem Weg der Selbstüberwindung zur Gelassenheit des wirklichen Mächtigen, des Wirkmächtigen zu gelangen, dem unwillkürlich Macht über andere zuwächst und vertrauensvoll zugestanden wird, ohne daß er sie anders als im Sinne der Sache und zum Wohl der Gesamtheit benutzen würde.

Kapitel V

Wissen und Weisheit

W I S S E N U N D W E I S H E I T

*Wissen ist Macht – aber:
Weisheit macht mächtig.*

*Wichtiger als sein Wissen
ist für den Menschen sein
Wesen.*

*Wer allemal alles besser weiß,
dem wird bald keiner mehr
raten.*

*Besser, als besser zu wissen,
ist wohler zu wollen und gut
zu tun.*

*Nicht nur auf das Wissen
um die großen Ideen
kommt es an,
sondern auf ihre Umsetzung
in die Gelebtheit und
die Gangbarkeit
der kleinen Schritte.*

*Wer das Sagen hat,
glaubt damit oft,
Wissen und Wahrheit
gepachtet zu haben.*

*Wo das Denken still geworden
ist, bekommt die Wahrheit ihre
Chance, im Schweigen gehört
zu werden.*

*Eitelkeit ist auch, wenn man
immer wieder hören will, was
man längst weiß.*

*Bedeutend ist alles, was
jemand dafür hält,
weil es ihm etwas bedeutet.*

*Mut und Demut schützen vor
Hochmut und Übermut,
helfen zu Gleichmut und
Anmut.*

*Augenmaß ist eine Sache des
Herzens,
nicht des Verstandes.*

*Die richtigen Maßnahmen
kann nur treffen,
wer selbst Maß genommen hat
und bereit bleibt, Maß zu
halten.*

Im Horizont des anderen erst vermögen wir die Wahrheit zu erkennen.

Nicht Mittelmäßigkeit, sondern Ebenmaß aus des Geistes Gleichmaß findet zum Maß der Mitte.

Das Gute ist, was aus Liebe geschieht;
das Böse ist, was aus Lieblosigkeit entsteht.

Aus selbstloser Liebe zur Sache handeln,
heißt frei handeln.

NICHTS WESENTLICHES

MUSHI

Wir müssen wissen, was wir sagen

Wissen ist erheblich mehr als Ausgedachtes oder Eingeprägtes, wenngleich es durchaus der Anstrengung des Intellekts bedarf, die sich sowohl im Auswendiglernen oder in der Übernahme von Vorgedachtem manifestieren kann als auch in der Formung und Formulierung von Originärem oder Visionärem.

Letzteres im Sinne von Phantasie, Kreativität und Einfallsreichtum unterscheidet sich grundlegend von den verbalisierten Phantastereien, die einem nur allzuoft mit dem hehren Anspruch der Wahrheit oder Richtigkeit mediengerecht präsentiert werden.

Den Schlüssel zur Beurteilung des Wahrheitsgehalts diesbezüglicher Aussagen liefert die Wahrhaftigkeit, und zwar sowohl in ihrer strukturellen Form objektiver Verständlichkeit als auch in der subjektiven Form der Ehrlichkeit des Wissenden. Sein Wissen muß deshalb von derselben Qualität sein wie sein persönliches Gewissen, dem es sich paart und vor Weitergabe offenbart.

Solches Wissen ist auch in der Wiedergabe verständig und verständlich, wohlverstanden und nicht mißverstanden, möglichst eindeutig und unmißverständlich.

Dieses Wissen ist mehr als Nicht-Wissen, mehr als nur glauben, mehr als ahnen, befürchten oder hoffen. Es ist mehr als Unterstellung, Vorstellung oder parteiliche Stellungnahme, mehr als Vorurteil, Voreingenommenheit, Rückschluß oder Umkehrschluß. „Facts and Figures“ im Sinne von Tatsachen und Rechenbarem gehören zu seinem Fundus ebenso wie das Erkennen von Fiktionen und deren Gefährlichkeit sowie das tiefe, innere Wissen um die Welt der Gefühle bei sich und anderen, deren Tatsächlichkeit nicht ohne Verlust verleugnet würde.

Wer das Sagen hat, glaubt oft auch das Wissen im Sinne der Macht gepachtet zu haben – ohne zu bemerken, wie nichtssagend vieles von dem ist, was er ausspricht.

Auch Unausgesprochenes kann dagegen ausgesprochen vielsagend sein, nämlich dann, wenn es nach bestem Wissen und Gewissen zum Einsatz kommt im Gespräch, das zwischen dem bewußt gebrauchten Wort und einem aktiven Schweigen hin und her zu schwingen vermag.

Man muß nicht alles sagen, was man weiß – aber man sollte immer wissen, was man sagt. Wer etwas sagt, der trägt Verantwortung für das Wort – das gedachte, das gesprochene oder auch einmal das geschwiegene, das nicht gebrauchte Wort: Es muß unter Umständen auch einmal etwas ungesagt bleiben können, selbst wenn es objektiv zwar richtig, aber situativ giftig wäre.

Ehrfurcht und Respekt vor Wort und Sprache als dem menschlichsten aller Medien im achtsamen Umgang miteinander bezieht den anderen, den Partner im Denken und Sprechen, mit ein in die Aussage gemäß seiner Würde als Mensch, die es immer und überall zu achten gilt.

Zur rechten Zeit am rechten Ort das rechte Wort zu gebrauchen wäre dafür die einfach formulierte, doch oft so überaus schwer zu praktizierende Kunst, für die schon der Volksmund die Regel vom geredeten Silber, aber geschwiegenen Gold geprägt hat. Und auch in Japan weiß man dazu: „Den Mund geöffnet, und schon schlüpft das Übel heraus“ – weshalb sich auch der berühmte Biß auf die eigene Zunge oder das Sprechen erst nach dem nächsten, bewußt geführten Atemzug durchaus als nützliches Hilfsmittel zur Selbstkontrolle empfiehlt.

Achtung vor dem Wort ist deshalb – mit *Dag Hammarskjöld* – die erste Forderung in der Disziplin, durch welche ein Mensch zur Reife erzogen wird – intellektuell, im Gefühl und sittlich.

Wir müssen wollen, was wir tun

Wollen ist mehr als Sollen, ist niemals nur fremdbestimmt oder von anderen angeordnet. So frei wie die Gedanken, zweckfrei oder sinngebunden, spielerisch oder assoziativ dort entstehen, wo die Schöpfung sich selbst die Krone aufgesetzt hat, so frei auch sollte das Wollen sein in vernunftgemäßer Orientierung des menschlichen Gehirns mit allen seinen Speicherungen, Windungen und Vernetzungen.

Zwar sind Denken, Fühlen und Wollen in der Person als Anlage genetisch vorgezeichnet und mitgegeben, um im Rahmen des je persönlichen Wegs verwirklicht zu werden. Immer neu aber entsteht dazu die Frage nach dem Was und Wie, die jeder Mensch nur aus der eigenen Gewolltheit selbst entscheiden kann. Dazu verfügt er über seinen freien Willen als der Actio des Verstands, die frei ist und bleibt, trotz aller Ketten von Sachzwang, Termindruck und sonstiger Abhängigkeiten, mit denen es sich kokettierend klimpern läßt.

Aber auch Vorgefundenes und Aufgegebenes lassen sich kraft eigener Einsicht und Akzeptanz einbeziehen. *Ninon Hesse* hat diesen Prozeß einmal als das Geheimnis der „Verwandlung des Auferlegten in Selbstgewolltes" bezeichnet. An die Stelle des Kräfteverzehrs im Widerwillen oder der Trägheit des Nichtwollen-Könnens tritt so die Stärke des potentiellen Wollens und der freien Willigkeit, durch die jede Handlung von der Intention her definiert, bestimmt – geheiligt wird.

Nur durch bewußte Gewolltheit, mit der wir uns ganz in den Dienst der Sache, der zur Ausführung anstehenden Tat stellen, können wir wirklich das tun, was zu tun ist – gemäß dem Gebot des „Tue, was du tust!". Aber: „Was ist denn Tun, und was ist Nichttun? Das ist's, was Weise oft verwirrt … der Tat Wesen ist abgrundtief" – so lesen wir im vierten Gesang der Bhagavadgita, und auch das „Wu-Wei" oder Handeln im Nichthandeln der alten chinesischen Philosophie führt in die Paradoxie menschlichen Wirkens und Bewirkens, das auch durch Unterlassen geschehen kann.

Daß wir für unser Tun und Lassen Rechenschaft ablegen, ist auch der christlich-abendländischen Sicht vertraut und wird in der Philosophie Kants zur Forderung nach der Maxime eigenen Handelns, das sich zur Grundlegung in Form eines allgemeinen Gesetzes eignen müßte. Ob nun durch Karma, Tao oder Schuld und Sühne: Überall und immer besteht die Forderung nach dem in Freiheit verantworteten Tun des Menschen, das weder anderen noch der eigenen Entwicklung Schaden zufügen sollte, wie er Zwanghaftigkeit und Dogma stets unheilvoll zu begleiten pflegt.

So ist es sicher besser, bewußt einmal etwas zu lassen, etwas zu unterlassen, als aus der Gewöhnung hektischer Betriebsamkeit heraus zu handeln, damit nur ja etwas geschieht und bewegt wird. Nicht die Bewegung und Handlung an sich und als solche macht Sinn, sondern ihre Zielorientierung gemäß der frei gewählten und vom jeweiligen Willen vorgegebenen Richtung.

Jedenfalls ist einer jeden sinnvollen Entwicklung nichts mehr hinderlich als die bloße Bewegtheit aus unbewältigter innerer Unruhe oder gar falsch verstandenem schlechten Gewissen, das die Untätigkeit aus erzwungener oder errungener Muße nicht auszuhalten vermag.

„Geduld ist Kraft in höchster Potenz" – so lautet ein Dichterwort und meint damit die Stärke dessen, der gelernt hat, den rechten Augenblick für eine Handlung abzuwarten und auszunutzen. Wie der geübte Judoka nicht den Angriff um jeden Preis sucht, sondern den Schwung des Gegners zum eigenen Vorteil nutzt, um ihn sich selbst zu Fall bringen zu lassen, so ergreift der Gelassene die Gelegenheit zum Einsatz seiner Kräfte im sinngebenden Tun aus der Übersicht des situativ immer wieder neuen eigenen Wollens.

Wir müssen werden, was wir sind

Werden geht immer einher mit Bewegung, mit Entwicklung, was für Welt und Menschheit ebenso gilt wie für den einzelnen. Werden geht einher mit Wachstum. Führen und Wachsenlassen sind die beiden gleichermaßen notwendigen Elemente der Erziehung, die den Menschen begleiten auf dem Weg des Erwachsen-Werdens, des Erselbst-Werdens. Auf diesem Weg des Wachsens in die Dimension der eigenen Möglichkeit, des Erwachens zur Schau des eigenen Bildes als der zunächst mehr geahnten und schließlich immer mehr als existentielle Verpflichtung gesehenen und akzeptierten Zielorientierung bedarf es der Geduld als Kraft in höchster Potenz.

Solche Geduld weiß um die Stationen und Prüfungen auf dem Lebensweg, die es immer neu aktiv zu bestehen gilt, ohne den Versuchungen der Trägheit und Bequemlichkeit zu erliegen, die einmal Erreichtes festhalten möchte. Doch, wo alles im Fluß ist, läßt sich nichts festhalten. Im „Dennoch!“ des ständigen Vorwärtsschreitens dokumentiert sich der Werde-Weg; Stillstand ist Rückschritt, ist Tod. Auch diesen noch einzubeziehen in die Entwicklung des Lebens ist dann allerdings schon eine fortgeschrittene Lektion, zu der wir bei Goethe Anleihe nehmen dürfen: „Und so lang du das nicht hast, dieses Stirb und Werde, bis du nur ein trüber Gast auf der dunklen Erde.“

Zuvor aber gilt es, sich der Verpflichtung zur Selbstverwirklichung zu stellen, die wir im Sinne der Menschwerdung in uns tragen. „Werde, der du bist, doch erkenne erst“, sagt *Pindar* in seiner zweiten pythischen Ode und weist uns damit auf den oft so schweren Weg der Selbsterkenntnis – die allerdings auch aller anderen Erkenntnis und insbesondere der bewußten eigenen Individuation notwendig vorausgeht.

Das Bild der Persönlichkeit, die uns günstigenfalls entgegentritt am Ende solcher Personwerdung und Gestaltgewinnung als lebenslangem Prozeß, ist das Ergebnis von Wachsen und Werden, von Entfaltung und Entwicklung, von aufgenommenem Wissen und ernstgenommenem Gewissen, das vor der Vielfalt von Versuchungen und Verfehlungen Bestand behält und Statur bekommt.

Was einer wird, das ist er nach seiner eigenen, eigentlich-inneren

Anlage und persönlichen Disposition schon immer. Aber wie ein Apfelbäumchen auch bei noch so pfleglicher Behandlung keine Birnen hervorzubringen vermag, so bleibt auch der Mensch in seinen Lebenskreis eingeboren, dem er sich tunlichst nicht entfremden sollte, um zu seiner Identität und zu seiner Authentizität zu finden.

So verstanden, ist der Mensch ein existentielles Instrument, auf dem und in dem der stets präsente Ton des Seins nur erklingen kann, wenn er sich ihm als Resonanzboden öffnet. Dazu gehört, in der richtigen Weise gestimmt und nicht verstimmt zu sein. Man spürt es dem Menschen an, der stimmt, der sich nicht verfehlt und auch im Ton mit anderen nicht vergreift, dessen Lauterkeit die Lautheit um sich her zum Schweigen bringt.

Der Notenschlüssel für die Partitur solchen Seins findet sich in der Einheit der Stille, die überall bleibt, wo die Vielheit der Laute verklingt. Die existentiell-instrumentelle Dimension des Menschseins betrifft ihn auch in seiner Körperlichkeit und Haltung, mit der er seinem Lebensauftrag entgegentritt. So wie keiner aus seiner Haut kann, so kann keiner das Holz verändern, aus dem er geschnitzt ist (wird). Ob Birke, Eiche oder Teak: Härte und Maserung sind vorgegeben und weisen dem Schnitzmesser von Schicksal und Lebensgestaltung den Weg, der nicht schadlos verlassen oder vergewaltigt werden kann.

Kapitel VI

Wahrheit und Wirklichkeit

WAHRHEIT UND WIRKLICHKEIT

Besser, als die Wahrheit kennen, ist, die Wahrheit lieben – noch besser: sie zu leben.

Wahrheit ist die Identität mit der Realität.

Was lange genug wirkt, wird langsam Wirklichkeit.

Die Wahrheit kann man nicht intellektuell erfassen, sondern nur existentiell erfahren – lebend verwirklichen.

Daß wir etwas nicht wahrnehmen können, liegt oft daran, daß wir es nicht wahrhaben wollen.

Was man nicht beschreiben kann, das kann man nur beschreiten und erfahren.

Alles Sichtbare ist nur ein Gleichnis für das aus dem Unsichtbaren ans Licht gehobene Geheimnis.

Ein Scherz ist oft das letzte Loch, aus dem die Wahrheit pfeift.

Wahrnehmen kann man nur, was wirklich ist.

Wer die Wahrheit gepachtet zu haben glaubt, der wird sich bald mit ihrem falschen Schein allein gelassen sehen.

Rechthaberisch wird selten der genannt, von dem man glaubt, daß er im Recht ist.

Zur Rücksichtnahme auf andere gehört auch, Ihnen die Wahrheit nicht um die Ohren zu schlagen.

Worte sind Wegweiser auf der Landkarte des Seins, deren buntes Abbild nicht mit dem Inbild der gelebten Wirklichkeit verwechselt werden sollte.

Man habe Mut, zu gehen, ohne zu wissen, wohin: im Gehen erst macht sich der Weg vertraut.

Auf dem Weg zu seinem wahren
Wesen muß man eintreten
in die absolute Ausweglosigkeit.

Wo Möglichkeit zur Faktizität
der Gegenwart gerinnt,
entsteht wahre Wirklichkeit
im ortlosen Nirgendwo
des Jetzt.

Zurück in die Zukunft oder
vorwärts in die Vergangenheit:
Zeitlosigkeit in der Freiheit der
Gegenwart.

Wer seiner selbst zu voll ist,
in dem findet die Wahrheit
keinen Platz,
sich zu verwirklichen.

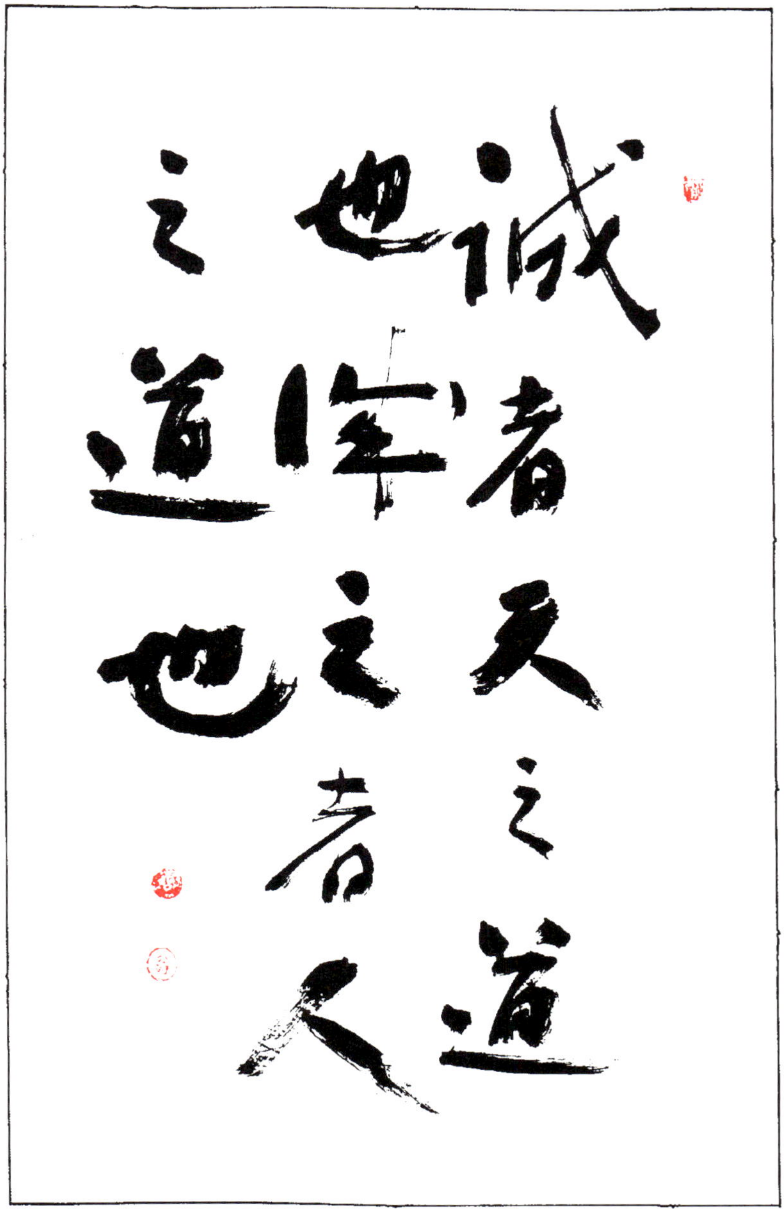

WAHRHEIT
IST HIMMELSWEG,
IHN ZU
VERWIRKLICHEN
IST MENSCHENWEG

MAKOTO WA TEN NO
MICHI NARI
KORE O MAKOTO NI
SURU WA HITO NO
MICHI NARI

Aus der Fülle des Nichts

Die Wahrheit ist des Himmels Weg; ihn zu verwirklichen, ist des Menschen Weg – so heißt es im Zen.

„Veritas fundamentum rerum" – heißt es an anderer Stelle, das heißt, die Wahrheit ist der Urgrund, aus dem alles entstanden ist; Wahrheit ist das aller Wirklichkeit zugrundeliegende Sein.

Worum es geht, ist nicht Weltflucht, sondern Weltbewältigung. Nicht nötig ist es, sich des Weltlichen zu entledigen, um zum Wirklichen vorzustoßen. Gefragt ist vielmehr die Durchdringung aller Strukturen und Bausteine der materiellen Welt mit göttlichem Geist. Mehr und mehr zielt die Suche auf die Heiligkeit des Weltlichen, nicht auf den Schein des Heiligen. Mit der uns als Menschen eigenen Transparenz für Transzendenz sollen wir in unserem Tun und Sein kraft Einstellung und Haltung die Werke heiligen, was zu Seins-Helligkeit führt anstelle von Schein-Heiligkeit – Gottesdienst im Tun an und in der Welt. Das Bauen an einer besseren Welt ist weder Technik noch Manipulation, sondern die Kunst des Menschen-Möglichen, die Kunst des je Gegenwärtigen in Arbeit und schöpferischem Tun. Solches Tun unterscheidet sich vom bloßen Reden über Gott wie die Mahlzeit von einer Schüssel voller Buchstaben oder, mit einer der chassidischen Geschichten von *Martin Buber*, die erzählt vom Baalschem, der einmal an der Schwelle eines Bethauses stehenblieb, mit Widerwillen in den Worten:

„Da kann ich nicht hinein. Das Haus ist ja randvoll von Lehre und Gebet!" Und zur Erklärung für seine verwunderten Begleiter, die da meinten, es könne kein größeres Lob geben: „Die Worte, die hier von den Leuten tagsüber ohne die wahre Andacht, ohne Liebe und Barmherzigkeit gesprochen werden, haben keine Flügel. Sie bleiben zwischen den Mauern, sie hocken am Boden, sie breiten sich Schicht auf Schicht wie moderndes Laub – bis der Mulm das Haus vollgepfropft hat und für mich darin kein Platz mehr ist."

In der Enge des Selbst kann kein Beten gedeihen und kein Tun, wie andererseits jede offene Handlung des Menschen an der Verbesserung der Welt mitwirken kann: Nicht die Materie der Handlung, nur ihre Weihung entscheidet; nicht das Was einer Tat, sondern das Wie ihrer

Ausübung und Einstellung bedingt das Ergebnis und seine Wirkung.

Wie aber, so müssen wir uns fragen, kommt man selbst zu solcher Wirkung? Was ist die Maßgabe für die Weihung unseres Tuns und welcher Art die Weisung für den Weg?

Tatsache bleibt, daß es zu Gott, zur Wahrheit, zur Wirklichkeit des Lebens so viele Wege wie Menschen gibt – und daß jeder nur sich und seinen eigenen Weg hat und gehen kann zur Vervollkommnung des Mensch-Seins, der Gottwerdung im Menschen, wie Meister Eckhart sagt.

Fertige Antworten auf die Fragen der Entwicklung des Menschen gibt es nicht; jeder muß die Antwort auf sich selbst und seine Fraglichkeit selbst entdecken – höchstpersönlich und in eigener Ver-Antwortung, in seinem eigenen Sein und Werden. Antwort sein zu können setzt jedoch voraus, Frage gewesen zu sein – Sehnsucht gespürt zu haben nach den Quellen des Seins. Im Zen spricht man dazu vom großen Zweifel, der dem Wissen oder der Schau (Wesens-Schau, Erleuchtung) notwendig vorausgeht.

Zen also wäre – ist – eine der möglichen Hilfen auf dem Weg zu sich selbst, wozu immer eine Art von Zucht gehört im Sinne der Selbst-Zucht oder Disziplin, wie sie allen monastischen oder spirituellen Traditionen eignet, ob als Yoga, Gebet, Exerzitium, Kontemplation oder Meditation, welche in Form des Za-Zen oder Sitzen in der Versenkung im Zentrum des Zen-Übungs-Wegs steht.

Zen in der heute insbesondere noch in Japan geübten Form ist also eine konkrete Art gelebter Disziplin, eine Weg-Kultur.

Daß es sich dabei nicht um eine leichte oder spielerisch zu erbringende Leistung, sondern um ein Ringen handelt auf Leben und Tod, möchte ich mit ein paar Hinweisen deutlich machen auf den Übungs-Weg im Kloster oder auch bei Laien-Sesshins, was normalerweise 6 bis 8 Stunden Za-Zen am Tag im vollen oder halben Lotus-Sitz am Boden bzw. auf dem Sitzkissen beinhaltet.

„Der Weg ist das Ziel", heißt es, und: „Das Alltägliche ist der Weg." Es gibt also gar „Nichts im besonderen" zu tun, es gibt auch keine Kleinigkeit – alles ist wichtig, „jeder Augenblick ist die beste aller Gelegenheiten". Tue, was zu tun ist, ohne die ständige, unruhige Suche nach anderem, besserem. Tue, was Du tust, in vollem und achtsamem Gewahrsein dessen und nur dessen, worum es gerade geht – ohne die ablenkende oder ausschweifende Suche, Sucht oder Sehnsucht nach anderem, angemessenerem. „Wenn ich hungrig bin, esse ich, wenn ich durstig bin, trinke ich, wenn ich müde bin, schlafe ich" – antwortete der Meister auf die Frage nach der bestmöglichen Übung auf dem Weg.

„Schritt für Schritt, das ist der Weg-Ort" – d. h. der Ort der Übungen ist überall. Man habe Mut zu gehen, auch ohne zu wissen, wohin – denn: „Im Gehen wird mir der Weg vertraut" und: „Wer aufrichtig seinen Weg geht, geht sicher", heißt es in einer neueren Bibelübersetzung zum Leitmotiv des Menschen als „homo viator", der unterweg ist – unterwegs zu seinem Selbst. Beim Gehen nur gehen – Schritt für Schritt, das ist der Zen-Weg, für den Meister *Dogen*, der Begründer des Soto-Zen (1200 bis 1253) in Japan, empfiehlt:

„Nichts erhoffen, nichts befürchten,
nichts erwarten, nichts erwägen,
nur sitzen um des Sitzens willen"

– womit er die Anweisung gibt zur rechten Übung des Shikantaza oder reinen Za-Zen, bei dem – wie er auch sagt – schließlich „Körper und Geist ausgefallen sind."

Doch bevor sie ausfallen können, müssen wir sie einsetzen, einsitzen, weshalb im Zen das Sitzen in der rechten, der aufrechten Haltung für Körper und Geist so wichtig und absolut ernst zu nehmen ist.

Bei der Grundübung des Zen, dem Za-Zen oder Sit-Zen im Zen, geht es um die versammelte Stille von und für Körper und Geist. Im Za-Zen zeigt sich das Sitzen als eine Art von Ur- oder Grund-Haltung des Menschen, der er sich überläßt: in gesammelter Gelassenheit, in gelöster Konzentration, in achtsamer Reglosigkeit von außen und innen, die nur noch den Atem spürt, wobei der aufrechten Körperhaltung in der Senkrechten schließlich richtigerweise auch die Lotrechte des Geistes folgt. Solches Sitzen gibt schließlich der sich selbst innegewordenen, eingeleibten und eingewohnten Stille Ausdruck, die im erfüllten Schweigen auch die Umgebung erfaßt und einbezieht, die den Ton der Stille („der einen Hand" von *Hakuin*, dem Begründer des Rinzai-Zen, 1686 bis 1768) hörbar werden läßt. Unausgesprochenes wird vernehmbar, wo das Viele schweigt, um sich dem Ausdruck der „Fülle des Nichts" (nach *Hisamatsu*, 1889 bis 1980) zu überlassen.

Dazu bedarf es natürlich neben der unverwandt eingehaltenen Haltung von Körper und Geist auch der Gedankenstille, die der Ruhe gleicht im Zentrum des Zyklons: nicht Gedankenlosigkeit, sondern Gedankenfreiheit in Bewußtseinspräsenz. Mit den Worten von *Sri Aurobindo:* „Wenn Dein Denkwesen stillgeworden ist, dann bekommt die Wahrheit ihre Chance, in der Reinheit des Schweigens gehört zu werden."

Dafür genügt es allerdings keinesfalls, sich der Bequemlichkeit und der Trägheit gedankenlosen „Abschaltens“ und nicht mehr Denkenwollens hinzugeben. Auch in der Zen-Meditation steht vor der Erlösung die Anstrengung: Die Grenzen des Intellekts müssen ausgeschritten werden, bevor sie transzendierbar sind. Erst nach dem Denken in bewußter Konsequenz kommt das „Denken des Nicht-Denkens“; erst nach vollendeter, gestalteter Verwirklichung kann gnadenhaft die „Gestalt des Gestaltlosen“ entstehen.

Worum es im Za-Zen geht, ist die Erlangung einer meditativen Grundhaltung, die es im Sitzen, Liegen, Stehen, Gehen – ja, bis hinein in alle Tätigkeit zu erhalten gilt. Nicht hier Meditation und da undiszipliniertes Leben kann der Sinn sein; es sollte vielmehr schließlich alles Tun und Lassen, alles Leben, Lieben und Leiden durchleuchtet, d. h. existentiell durchlichtet, durchlässig geworden sein, wie der Mensch als tiefster, wahrer Anthropos.

Der Weg dazu aus aufrichtig und fortgesetzt geübtem Za-Zen wäre mit Meister Dogens Worten ganz einfach, denn:

„Sein Selbst erkennen heißt, sein Ich vergessen;
sein Ich vergessen bedeutet, von allen Dingen erleuchtet werden.“
(Transparenz für die immanente Transzendenz)

„Erleuchtung ist überall, man bemerkt das nur nicht“ – so sagte es mein Lehrer Nagaya.

Erleuchtung kann man deshalb nicht erlangen wollen, Erleuchtung sollte man sich noch nicht einmal wünschen, etwa als Ziel des Zen-Übungs-Weges; Erleuchtung könnte man vielleicht allenfalls ersehnen im Sinne einer „Grundgestimmtheit“ für eigenes wie für fremdes Sein – um jedenfalls vorbereitet und bereit zu sein, wenn sie sich denn eines Tages doch und wider alles Nicht-Erwarten überraschend einstellen sollte. Und selbst dann: Nicht die Erfahrung der Erleuchtung bliebe das immer noch ego-gefärbte Ziel, sondern ihre überpersönliche Integration in das je persönliche Leben, zum Wohle aller Wesen, die damit in Berührung kommen.

Zen kann man nicht intellektuell erfassen und verbreiten – Zen kann man nur existentiell erfahren und erspüren, aus der ganzheitlichen Übung von Körper, Geist und Seele.

Kapitel VII

Leben und Tod

L
E
B
E
N

U
N
D

T
O
D

Geburt und Tod sind die zwei Seiten der einen Münze, die Leben heißt.

Nicht der Sünde Sold ist der Tod, sondern die Antwort des Lebens auf seine Geburt.

TOTENTANZ –
die Feier, die das Leben mit sich selber hält.

Wo das Leben sich und seinen Sinn erfüllt hat,
folgt mit dem Tod der Aufruf zu Wandlung und neuem Beginn.

Den eigenen Schatten nicht überspringen,
sondern bewußt annehmen und integrieren.

Ohne Lebens-Freude
macht das Leben keine Freude.

Allein kommt der Mensch auf die Erde und allein muß er sie wieder verlassen:
Individuation auf Bewährung.

Ein jedes Leid hat seinen Sinn,
den man jedoch erst erfährt,
wenn man sich seiner nicht mehr erwehrt, sondern es akzeptiert.

Auf die existentielle Frage des
„Wer bin ich?“
gibt es seinsheitlich nur
die eine Antwort:
„Der ich bin.“

Als Individuum ist jeder Mensch ein einmaliger, einzigartiger, unverwechselbarer Entwurf zum Bilde dessen,
als der er gemeint ist:
ein individueller Gedanke Gottes.

Das Bild vom Menschen als
dem Maß aller Dinge
lebt aus der über alle Maßen erhabenen Fülle
des Nichts.

Raum ist die Form des Seins,
Zeit ist die Kraft des Werdens.

Zu dem, der warten kann,
kommt alles mit der Zeit.

Wer keine Zeit hat,
den hat die Zeit –
und sie läßt ihn nicht,
er stelle sich ihr denn.

Sich die Zeit vertreiben oder gar totschlagen, heißt Selbstmord auf Raten begehen.

Das Zeitliche segnen kann man nur aus der Gewußtheit um das Über-Raum-Zeitliche.

Wo Religionen trennen und verfeinden,
kann Religiosität verbinden und befreunden.

KREIS

ENSO

Karma und Kairos – von der Zeitnot zur Zeitfreiheit

Wer kennt sie nicht, die Not mit der Zeit – das Gefühl, nicht genügend Zeit zu haben: von der Klassenarbeit in der Schule bis hin zu den späteren Hausaufgaben im beruflichen Alltag mit seinen vielfältigen Anforderungen, die uns zu erdrücken, zu überfahren, zu überfordern scheinen.

„Zeit ist Geld" (time is money) – sagen die Amerikaner als Meister des Materiellen und seiner Gestaltung, und sie haben damit insoweit Recht, als sie auf Wert und Bedeutung, auf die Notwendigkeit der Zeit zur Lebensführung hinweisen, der sie dann in Zeitnot gleich wieder zu entrinnen suchen: „We are running out of time!" ist der charakteristische Ausdruck dafür, wenn ihnen die Zeit zu kurz zu werden droht.

Doch es gibt keine Möglichkeit zur Flucht: die Zeit, dieses größte aller Mysterien, sie läßt uns nicht, wir stellen uns ihr denn – ihrer Herausforderung inmitten der Ortlosigkeit des jeweiligen Zeitstroms, ihrem Anruf aus dem Zentrum des jeweiligen Seinspunktes inmitten der Wirbel aller Zeiten und Gezeiten.

Ist Sein = Zeit (Uji), wie Meister Dogen, Gründer des japanischen Soto-Zen, schon 1240 in seinem Hauptwerk „Shobogenzo" („Unverborgen überall in der ganzen Welt") schrieb: „Die Zeit ist schon Sein, das Sein ist alles (allzumal) Zeit" – wie wir es dankenswerter Weise in der Übersetzung von Koichi Tsujimura lesen, in der 1973 von Gion Condrau für Medard Boss, den Vater der Daseinsanalyse zum 70. Geburtstag herausgegebenen Schrift, die er allerdings zu guter Letzt ehrlicherweise mit dem Geständnis versieht: „daß auch diese Anmerkung nur vorläufig und unvollkommen bleibt."

Wir können über die Zeit und das Mysterium des schöpferischen Laufs der Natur mit Tag und Nacht, mit Frühling, Sommer, Herbst und Winter, mit Geburt und Tod nicht nachdenken ohne das überwältigende Gefühl von den Grenzen menschlicher Intelligenz und Wissenschaft. Andere Autoren, Gremien und ganze Kongresse haben sich schon dieses Themas angenommen, wie etwa die Carl-Friedrich-von-Siemens-Stiftung in München 1981 oder die Eranos-Tagung in Ascona 1978. Gerade bei der letzteren wird Anleihe genommen, um im Anschluß an Toshihiko Izutsus Beitrag etwas über das Zeit-Verständnis des Zen-Buddhismus zu berichten im

Vergleich zum christlichen Weltbild und möglicher Berührungspunkte von beiden, die uns im Bereich der Mystik als dem gemeinsamen Ur-Grund aller Religionen begegnen werden.

Das christliche und damit unser normales, rational-kausales Zeit-Verständnis und -Empfinden ist linear geprägt – von der Geburt Jesu am 24. Dezember über Passion und Kreuzestod zur österlichen Auferstehung – nach Vergangenheit, Gegenwart und Zukunft. doch hier stocken wir schon: Ist nicht Vergangenes, Tradiertes ebenso wie Erfahrenes jetzt noch gegenwärtig, und hat nicht Zukünftiges in der Hoffnung und Erwartung schon begonnen – womit die Zeit von ihrer Kausalitätskraft verliert und an Intensität eigener Art gewinnt. Sie bestimmt sich nicht mehr durch ein Nacheinander, sondern durch ihren Grad von Gegenwärtigkeit im aktuellen „Durcheinander".

Damit aber sind wir schon ganz nahe bei der buddhistischen Zeit-Auffassung, die im Gegensatz zu einem linearen Zeit-Strom ein sich überlagerndes Fließen von Zeit in die verschiedensten Richtungen hin und her sieht – nicht nur im Währen von Heute zu Morgen, sondern auch vom Heute zu Gestern, von Gestern zu Heute, von Heute zu Heute, von Morgen zu Morgen – was Dogen in Sein = Zeit „das Wesensvermögen der Zeit im Währen" nennt: von einem anfanglosen Beginn des (Nicht-)Vergangenen durch die (All-) Gegenwart bis hin zu einer endlosen Zukunft, die schon begonnen hat – „Von wohin nach woher".

Einen Teil von dem, was ich erläutern möchte, haben wir alle schon selbst erlebt, wenn in den berühmten Sternstunden persönlicher Erlebnisse und Erfahrungen in Freude oder Trauer die Zeit stillzustehen oder zu fliegen schien. Wesentliche Eindrücke solch unvergeßlicher Geschehnisse begleiten uns bleibend und sind damit in der Seele präsent und gegenwärtig in einem Heute, das nicht erst gestern begann und auch morgen nicht enden wird.

Solche Sternstunden geschehen dem Einzelnen wie der Menschheit in ihrer Gesamtheit, etwa in der Geburt Christi oder seinem Kreuzestod, beim Schirlings-Becher des Sokrates oder in der Erleuchtung des Buddha unter dem Morgenstern. Wenn sich in einem solchen Zeitpunkt Geschichte und Gegenwart von Welt und Menschheit wie in einem Brennpunkt bündeln und zusammenziehen, spricht man vom „Kairos", dem richtigen und wichtigen Zeitabschnitt, in dem sich Sein existentiell verdichtet und damit heraushebt aus dem sonst eher gleichmäßigen Strom von „Chronos", der gemessenen, der gemeinen, der allgemeinen Zeit.

Es ist diese besondere, über alle Maße und Messungen erhabene, die jeweils allein angemessen wichtige und existentiell richtige Zeit des Kairos, die der Buddhist mit „Shih" bezeichnet – und die er sucht, indem er Zeit quasi als eine ununterbrochene Reihe von Kairos-Punkten sieht, erfährt, erlebt und zu vergegenwärtigen sucht. Solche Zeit ist immer erfüllt, und der sie lebt, erlebt, erfährt – der so lebt, der hat schon die Erleuchtung erlangt, das Satori des Zen, ob als solches erkannt oder unerkannt, ob anerkannt und vom Meister zuerkannt oder einfach erfahren.

Das Satori des Zen besteht also aus nichts anderem als aus einer völlig veränderten Qualität von Zeitbewußtsein, einer Erfahrung des jeweils einzigen Ganzen im immer neuen Jetzt und Hier, der Transparenz für Transzendenz – mit Pater Lasalle eine typische Eigenart des „integralen Bewußtseins", das er ebenso wie Sri Aurobindo für den neuen Menschen postuliert.

Mit Recht kann man sagen, daß dies der Weg aller wahren Mystiker war und ist. Insoweit sind Erleuchtung, Erlösung oder Erwachen ebenso Synonyme wie das Reich Gottes oder das Ewige Leben, wie Dürckheims Große Erfahrung, wie Balthasar Staehelins Zweite Wirklichkeit oder St. Exupérys Kleiner Prinz, der uns lehrt, daß man nur mit dem Herzen richtig sehen kann. Wie aber, so fragen wir, wie lernt man es, so zu sehen, so zu leben, so zu sein? Wie erlangt man Kensho, die Wesens-Schau des Zen, wie bekommt man Durchblick und Einsicht – das ist die Frage, die uns bewegt auf dem Weg in die Zeit-Freiheit.

Der eine oder andere kennt vielleicht die in der Zen-Schulung klassischen „10 Ochsenbilder", die den Weg des Hirten oder Suchenden zeigen vom Auffinden der Spur des Ochsen (= dem eigenen Herzen) bis hin zu seiner allmählichen Zähmung und schließlichen Vergessenheit. Die dafür wesentliche Stufe ist das achte Bild, der leere Kreis, in dem bildlich zugleich alles beschlossen ist. Es steht für die Ungeschiedenheit der Einheit – alles ist Eines – „mit dem Kosmos eins", wie der Meister sagt, während er mit dem Tuschpinsel den Kreis vollführt. Durch diese Leere der Ungeschiedenheit, der vollkommenen Vergessenheit und Selbstaufgabe gilt es hindurchzugehen: einzutreten in die absolute Ausweglosigkeit.

Erst danach, im 9. Bild, erscheint wieder die Natur mit Blumen und Bäumen, die wieder sind, wie sie sind – auch wenn sie der Schüler jetzt anders sieht, aus dem neuen veränderten Bewußtsein erstmals richtig sieht, wie sie wirklich sind. Eine Blume steht nun für den ganzen Frühling, ein fallendes Blatt steht für den ganzen Herbst, für jeden Herbst – für den zeitlosen Herbst aller Dinge.

Der durch das Nichts gegangen ist, der an nichts mehr hängt und sich völlig frei bewegt im Kairos des Jetzt und Hier, in dem ewige Vergangenheit und endlose Zukunft verwahrt sind, das über alle Zeiten und Räume den ganzen Kosmos erfüllt, wie Meister Ohtsu sagt – er bewegt sich frei als ein Bodhisattva im Kommen und Gehen auf dem Marktplatz, um anderen Menschen zu helfen, wie das zehnte und letzte Bild dann zeigt.

Es sind die normalen Geschehnisse des täglichen Lebens, die nun eine tiefere Bedeutung bekommen. Nicht in den Seitenwassern des Daseins, nicht in spitzfindigen Argumenten und okkulten Lehren oder scharfsinnigen Erklärungen der Philosophie, sondern überall da, wo das unmittelbare und einfache Leben der Erde vor sich geht, ist der mystische Weg, wie Evelyn Underhill schreibt. So sagt sie auch, daß die heilige Teresa von Avila u. a. eine bewundernswerte Hausfrau war, und erklärte, daß es ihr sehr leicht würde, ihren Gott zwischen Töpfen und Pfannen zu finden. Allem Anschein zum Trotz würde wohl Maria eine bessere Köchin geworden sein als Martha, hätten die Umstände ihr diese Tätigkeit aufgezwungen. Aber die Lehre, die Teresa den Nonnen ihres Klosters aus der Geschichte des Evangeliums mit auf den Weg gab, war, daß sie versuchen sollten, in ihrem Herzen Martha und Maria zu vereinen – ora et labora, Gebet und Arbeit in der Welt gleichermaßen, ja: jedes Tun selbst als ein Gebet verrichten.

Actio und Contemplatio sind die beiden Seiten der einen Münze menschlichen Lebens, die von uns am Ende jeweils eingefordert wird – weshalb beispielsweise auf dem Zen-Weg so großer Wert gelegt wird auf die Übung des Za-Zen in der Meditation ebenso wie in der praktischen Arbeit des „Samu". Ohne Fleiß kein Preis – das gilt auch für den geistigen Weg. Menschlicher Fleiß, sagt Hilton, muß zu der Gnade hinzukommen. „Wenn das Auge des Geistes sich öffnen soll, muß Arbeit geleistet werden. Solange das Auge, das auf die Zeit blickt, sich mit Dingen anfüllt und sich des Bewußtseinsfeldes bemächtigt, kann das Auge der Seele, das auf die Ewigkeit blickt, überhaupt kaum in Tätigkeit treten; und dieses Auge muß nicht nur geöffnet, es muß auch geübt werden, damit es das beständige Anschauen des Unerschaffenen Lichtes ertragen kann."

Gnade und persönliche Anstrengung also sind gleichermaßen nötig, um inmitten des Zeitstroms und seiner weltlichen Bedingungen überweltliches Erleben der Zeitfreiheit zu erlangen, zu erfahren, zu verwirklichen. Dabei hebt das institutionalisierte Christentum mehr auf die Bedingung der Gnade ab, während östliche Religiosität wie etwa in den meditativen Übungen des Zen-Weges die bedingungslose eigene Anstrengung der gelebten Disziplin in den Vordergrund stellt. Welchen Weg einer gehen kann und will, muß er für sich selbst entscheiden. Aber so wenig etwa der Buddhismus einem oft falsch verstandenen Selbsterlösungsglauben huldigt, so wenig vermag der gutgläubige Kirchen-Christ allein durch Kathechismus und Kirchgang zur Erleuchtung kommen.

Die echte mystische Erfahrung dagegen ist von derselben Substanz, unanbhängig vom Kulturkreis, in dem sie einem Suchenden zuteil werden mag. *„Mach' Gott zur Wirklichkeit* (gelebt, geliebt, gewirkt, verwirklicht im Alltäglichen des Jetzt und Hier, zwischen Töpfen und Pfannen oder an der Schreibmaschine), *und er wird dich zur Wahrheit machen"* (im Sinne des zeitlos gültigen Wesens und gütigen Waltens, das jeder echten Entwicklung immanent ist), so sagt es die Sufi-Weisheit.

„Ich bin der Weg, (= die umfassende Entwicklungsmöglichkeit),
die Wahrheit (= die Verwirklichung Gottes),
das Leben" (= die Umsetzung des Heilsangebots in Gelebtheit),

so sagt es Jesu, und er sagt damit zugleich nichts anderes als: *Ich bin Zeit.* Und auf die Frage nach der Möglichkeit, das ewige Leben zu erlangen, zu ererben, gibt er in vielen Gleichnissen den immer gleichen Rat, dem Nächsten liebend zu helfen (was auch der Bodhisattva tut) und überhaupt stets das Nächstliegende zu tun (was auch die Zen-Meister empfehlen). Tue, was du tust, in der gelösten Konzentration ungeteilter Aufmerksamkeit, ganz wach und lebendig, demütig und selbstlos. Werde eins mit dem, was du tust, auch in der Übung mit dem Koan, das in seiner Paradoxie intellektuell nicht lösbar ist; werde eins mit dir selbst, was die existentielle Lösung aller Koans auf einen Schlag bedeuten kann im Kairos des Jetzt und Hier, wo Uhr-Zeit zur Ur-Zeit wird und Himmel und Erde sich in dir vereinen.

Ob man von einem persönlichen Gott spricht oder von einem überpersönlichen Göttlich-Schöpferischen wie im alten Chinesentum, dessen 3000 Jahre altes Weisheits-Buch der Wandlungen, I Ging, seine 64 Hexagramme mit den sechs ungeteilten Strichen des Schöpferischen (Kien oder Yang), dem Bild des Himmels beginnt, das auch die Macht der Zeit und die Macht des Beharrens in der Zeit oder Dauer umfaßt, mag dafür nicht so wichtig sein.

„Wem Zeit wie Ewigkeit
und Ewigkeit wie Zeit,
der ist befreit von allem Leid“

lesen wir bei Jakob Böhme, und gleich dem Magus von Strovolos auf Zypern weiß er natürlich, daß ewig nicht gleichbedeutend ist mit „zeitlich unbegrenzt“, sondern daß die Zukunft kontinuierlich im ewigen Jetzt erschaffen wird. „Man verliert die Bedeutung von Raum und Zeit und betritt die Gegenwart im Inneren der Realität des Lebens aller Dinge.“ Oder, mit J. P. de Coussade: „Nur durch die Fülle des gegenwärtigen Augenblicks vermag die Sache wahrhaft genährt, gekräftigt, gereinigt, bereichert, geheilt und geheiligt werden.“

Und beim ersten Zeichen des I Ging für das Schöpferische lesen wir u. a.: „Der heilige Mensch, der die Geheimnisse der Schöpfung versteht, die in Ende und Anfang, in Tod und Leben, Vergehen und Werden liegen, und der versteht, wie die polaren Gegensätze einander bedingen, der wird erhaben über die Bedingtheit des Vergänglichen. Die Zeit hat für ihn nur die Bedeutung, daß sich in ihr die Stufen des Werdens in klarer Reihenfolge entfalten können. Und indem er jeden Augenblick ganz gegenwärtig ist, benützt er die sechs Stufen des Werdens, als führe er auf Drachen gen Himmel. Das ist Erhabenheit und Gelingen des Schöpferischen, wie es sich im Menschen zeigt.“

Der Mensch wird – Gott ist. Der Mensch wird immer mehr wesentlich (vgl. Angelus Silesius: „Mensch werde wesentlich! Denn wenn die Welt vergeht, so fällt der Zufall weg, das Wesen, das besteht“) – Gott ist das Wesen selbst, von Ewigkeit zu Ewigkeit – in Zeitfreiheit. Doch eben daran hat der Mensch auch teil als ein Wesen, das bereits eine sehr lange Vergangenheit hinter sich und noch eine sehr lange Zukunft vor sich hat.

Auf seinem Werde-Weg ist der Mensch heute auch das, was er war, und er ist heute schon das, was er sein wird. Denn seine Gegenwart ist zeitlos, in ihr liegen Vergangenheit und Zukunft beschlossen.

Der Mensch entwickelt sich, seinem Auftrag und seiner Anlage, seiner persönlichen Schöpfungsgeschichte und seinem eigenen Schicksal gemäß, das je einmalig und einzig ist. Das ist es auch, was Karma genannt wird, doch ist dieses nie von der Vergangenheit her determiniert, sondern stets von der Zukunft her sinnvoll entworfen: Finalität und Verheißung.

Von der Zeitlichkeit des Werden hin zur Zeitfreiheit des Seins führt so der Weg des erwachenden, des allmählich karmisch erwachsen werdenden Menschen. Auf diesem Weg begleitet ihn in Form der Stundenuhr Chronos, der Gott der Zeitnahme, mit der Feststellung, wie spät es schon ist. Wie früh es noch ist, erfährt er von Kairos, dem anderen Zeit-Gott der Griechen, dem Gott der Zeitgabe, der gewonnenen Zeit, der in die Zeitlichkeit geronnenen Ewigkeit.

Endzeit und Wendezeit verbinden sich für den Menschen wie für die Menschheit mit der heilsgeschichtlich-eschatologischen Perspektive des Kairos, in die die Zeit für den Einzelnen auf die für sie – für ihn – jeweils einmalig und entscheidend günstigen Bedingungen trifft, die sein Karma als Augenblick der Entscheidung stets bereithält. Im biblischen Sinne des neuen Testaments verbindet sich damit der Begriff der Heils-Zeit (= Seins-Zeit), die mit dem Kommen Jesu erfüllt ist und an der wir in der bedingungslosen Nachfolge (= „nicht mein Wille, sein Wille geschehe“) partizipieren können – was richtig verstanden genau so schwer sein dürfte wie das im Zen verlangte Eintreten in die absolute Ausweglosigkeit. Der Kairos, erkannt, wahr- und ernstgenommen, ist deshalb auch für jeden einzelnen die stets erneuerte Möglichkeit sich jetzt und hier für oder gegen das existentielle Heilsangebot, für oder gegen das Erwachen zum Licht zu entscheiden. Denn auch und gerade dafür gilt der freie Wille des Menschen, der keine Fiktion ist, sondern ein Faktum, das auch den Göttern und Lichtgestalten heilig ist, die uns führen und manchmal auch einen Schubs geben in die richtige Richtung, wenn wir zu zögerlich vorwärtsschreiten.

Zwar harrt die Buddha-Natur, der göttliche Funke jederzeit und in jedem Menschen der Entdeckung und Entfachung – getragen von Gnade in grenzenloser Liebe und Geduld. Doch wir müssen sie auch selbst wirklich wollen und suchen – wie die Spur des Ochsen, des eigenen Herzens. Wir müssen uns dafür bereit machen, uns selbst schmieden im Feuer der jeweiligen Inkarnation auf der uns je gemäßen Stufe, die stets einem sehr klugen und umfangreichen Plan und Programm der Entwicklung entspricht, auch wenn wir das meistens icherfüllt und selbst-verblendet noch nicht zu erkennen, geschweige denn anzuerkennen und zu befolgen vermögen.

„Wirf' alles weg!“ – sagt ein Zen-Wort, und der Meister fügt hinzu: „Wirf' auch das Wegwerfen weg!“ Erst dann vermag glückhaft die vollkommene Vergessenheit von Ochs und Hirte, die absolute Selbstlosigkeit und Absichtslosigkeit zu entstehen, aus der wir in die Fülle des Nichts, in die Leerheit des Kreises eintreten können, der mit dem Kosmos eins ist, wo wir All-Ein-Sein erfahren.

Daß dafür ein einziges menschliches Leben mit seinen wenigen Dezennien möglicherweise nicht ausreicht, entspricht heute schon vielfach geteilter Auffassung. Und wenn es denn überwiegender Überzeugung gemäß stimmt, daß Gott den Menschen nach seinem Bilde geschaffen und gewünscht hat, dann wird ER wohl nicht so unmenschlich sein, unsere Vervollkommnung in den wenigen Jahrzehnten eines einzigen Lebens zu verlangen, sondern uns auch die der jeweiligen Anlage gemäße Entfaltung und Entwicklungsmöglichkeit als Seins- und Werde-Zeit zu verschaffen.

Daß es uns dagegen und dafür wohl ansteht, uns immer redlich zu bemühen – und dazu ruhig auch schon einmal die Endstufe möglicher Entwicklung in Form von Heils-, Heilungs- oder Heiliggemäßer Erfahrung oder Erleuchtung ins Auge zu fassen, mag wohl erlaubt sein: auf dem Weg zum Bild des Menschen, wie es ist und werden soll und kann, in der Hoffnung, daß sich Karma und Kairos immer mehr zum uns erkennbaren Sinn des Seins vereinen mögen.

Der Autor

Peter Zürn, Dr. jur., Jahrgang 1933, Studien in Deutschland, Frankreich und Mexiko, jahrelang in leitender Position im Personalwesen großer Unternehmen und in der Personalberatung; seit 1987 Leiter der „Baden-Badener Unternehmergespräche". Mitglied der „Internationalen Gesellschaft für Tiefenpsychologie", des „Engadiner Kollegium" und des „Collegium Humanum". Über zwanzigjährige Praxis im Za-Zen, zahlreiche Veröffentlichungen.